RAINER MARIA RILKE

爱之歌

〔奥〕里尔克 著

林克 译

人民文学出版社

图书在版编目（CIP）数据

爱之歌 /（奥）里尔克著；林克译.
— 北京：人民文学出版社，2024
（巴别塔诗典）
ISBN 978-7-02-018535-1

Ⅰ.①爱… Ⅱ.①里…②林… Ⅲ.①诗集 – 奥地利 – 现代 Ⅳ.① I521.25

中国国家版本馆 CIP 数据核字 (2024) 第 041832 号

责任编辑　朱卫净　何炜宏
装帧设计　李苗苗

出版发行　人民文学出版社
社　　址　北京市朝内大街 166 号
邮政编码　100705

印　　制　凸版艺彩（东莞）印刷有限公司
经　　销　全国新华书店等

字　　数　120 千字
开　　本　889 毫米 ×1194 毫米　1/32
印　　张　9.875
插　　页　5
版　　次　2024 年 4 月北京第 1 版
印　　次　2024 年 4 月第 1 次印刷

书　　号　978-7-02-018535-1
定　　价　79.00 元

如有印装质量问题，请与本社图书销售中心调换。电话：01065233595

目录

新诗集(1907)

早年的阿波罗 _ 3

少女的幽怨 _ 4

爱之歌 _ 6

埃兰娜致萨福 _ 7

萨福致埃兰娜 _ 8

萨福致阿尔凯俄斯(断片) _ 9

一位少女的墓碑 _ 11

牺牲 _ 12

东方昼歌 _ 13

亚比煞 _ 15

大卫在扫罗面前歌唱 _ 17

约书亚召集以色列各支长老 _ 20

浪子出走 _ 23

橄榄园 _ 25

Pietà _ 27

女人为诗人歌唱 _ 29

诗人之死 _ 30

子午线天使 _ 31

大教堂 _ 33

教堂的大门 _ 35

窗子上的玫瑰 _ 38

柱顶 _ 39

中世纪的上帝 _ 40

尸体认领所 _ 41

囚犯 _ 42

豹 _ 44

羚羊 _ 45

独角兽 _ 47

圣塞巴斯蒂安 _ 49

捐画者 _ 50

天使 _ 51

罗马石棺 _ 52

天鹅 _ 53

童年 _ 54

诗人 _ 56

花边 _ 57

一种女人的命运 _ 59

久病初愈的女人 _ 60

成年女人 _ 61

塔纳格拉 _ 63

女盲人 _ 65

在一个陌生的公园里 _ 67

离别 _ 69

死亡经验 _ 70

蓝色绣球花 _ 72

夏日阵雨之前 _ 73

在大厅里 _ 74

最后的傍晚 _ 75

我父亲的青年肖像 _ 77

一九〇六年的自画像 _ 78

国王 _ 79

复活 _ 80

旗手 _ 81

布雷德罗德家族的末代伯爵逃出土耳其人的战俘营 _ 83

交际花 _ 85

巴洛克式暖房的台阶 _ 86

大理石马车 _ 87

佛陀 _ 89

罗马喷泉 _ 90

旋转木马 _ 92

西班牙舞女 _ 94

尖塔 _ 96

广场 _ 98

玫瑰花环码头 _ 100

半俗尼修道院 _ 102

马利亚的宗教仪式行列 _ 105

岛 _ 108

妓女群墓 _ 111

俄耳甫斯·欧律狄刻·赫尔墨斯 _ 114

阿尔刻斯提斯 _ 120

维纳斯的诞生 _ 125

玫瑰杯 _ 129

新诗别集（1908）

远古的阿波罗残躯 _ 135

克里特的阿耳忒弥斯 _ 136

勒达 _ 137

海豚 _ 138

塞壬之岛 _ 140

为安提诺俄斯悲叹 _ 142

恋人之死 _ 143

为约拿单悲叹 _ 144

安慰以利亚 _ 146

扫罗列在先知中 _ 148

撒母耳显灵于扫罗面前 _ 150

一位先知 _ 152

耶利米 _ 154

一个女巫 _ 156

押沙龙的背叛 _ 157

以斯帖 _ 160

麻风国王 _ 162

三个活人和三个死人的传说 _ 163

明斯特的国王 _ 165

死者之舞 _ 166

末日审判 _ 168

诱惑 _ 169

炼金术士 _ 171

保藏圣人遗物遗骨的匣子 _ 172

黄金 _ 174

石柱圣人 _ 176

埃及的马利亚 _ 178

钉在十字架上 _180

复活者 _182

圣母颂 _184

亚当 _186

夏娃 _187

花园里的疯子 _188

疯子 _190

出自一个圣徒的生活 _191

乞丐 _193

陌生的家庭 _194

清洗尸体 _195

老妇人中的一个 _197

盲人 _198

一个枯萎的女人 _199

圣餐 _200

火灾现场 _202

班子 _204

魔笛耍蛇 _206

黑猫 _208

复活节前 _210

剧院的楼厅 _212

流亡者之船 _214

风景 _ 215

罗马远郊的低地 _ 217

大海之歌 _ 218

夜行 _ 219

鹦鹉园 _ 221

公园 _ 223

肖像 _ 231

威尼斯的早晨 _ 233

威尼斯的晚秋 _ 234

圣马尔谷教堂 _ 235

一个总督 _ 237

琉特 _ 238

冒险家 _ 239

携鹰行猎 _ 243

斗牛 _ 245

唐璜的童年 _ 247

唐璜的选择 _ 248

圣格奥尔格 _ 249

阳台上的女士 _ 251

相遇在栗子树林荫大道上 _ 252

姐妹 _ 254

钢琴练习 _ 255

挚爱的少女 _256

玫瑰内部 _258

八十年代的女士肖像 _260

镜前的女人 _262

老妇人 _263

床 _265

异乡人 _267

乘车抵达 _269

日晷 _270

睡眠–罂粟 _272

红鹳 _273

波斯天芥菜 _275

催眠曲 _276

圆亭 _277

拐骗 _279

粉红的绣球花 _281

族徽 _282

单身汉 _283

孤独者 _285

阅读者 _286

苹果园 _288

穆罕默德的受命 _290

大山 _291

皮球 _293

孩童 _295

狗 _296

甲壳虫宝石 _297

灵光中的佛 _298

译后记 _299

新诗集
(1907)

卡尔和伊丽莎白·封·德海特

友谊长在

早年的阿波罗

像有时一个早晨沐浴着春光，
一眼望穿光秃秃的枝条：
他的头颅里也没有什么
能够阻止诗的光芒

直射我们，几乎令我们夭亡；
因为他的目光还没有阴影，
他的眠息对月桂还太凉，
那座玫瑰园，需一段光阴，

才高树一般自眉间升起，
赎回的树叶将飘出花园，
一片片飘向嘴的战栗，

至今未启用的嘴沉寂而闪亮，
只是以微笑将什么啜饮，
仿佛正为他注入他的歌唱。

少女的幽怨

这种癖好，在过去的岁月里，
那时我们都还是孩子，
总想独处，特别的温馨；
别人的时光在争吵中过去，
而我们有自己的一隅，
自己的远，自己的近，
一条路，一只兽，一幅图。

我还寻思，生活绝不会
不让人在自己心里
静静地遐想。我心里没有
无限的世界？这一切
不再像童年的时候
给我安慰和理解？

仿佛突然被赶出乐园，

我发觉这份孤单
变得不堪驮负,
当立于乳峰之上,
我的情感只想
飞翔或一个结束。

爱之歌

我该怎样抑制我的灵魂,不让它
触动你的灵魂?我该怎样让它
越过你趋向别的事物?
啊,我多想替它找个幽暗的去处,
靠近某个失落之物,
一个陌生而寂静的地方,
不会随你的深心一同振荡。
可是那打动我俩的一切
把你我连在一起,像琴弓
从两根弦上拉出一个音符。
我俩被绷在哪件乐器上?
哪位琴师把我俩握在手中?
哦,甜美的歌。

埃兰娜致萨福

你呀,狂怒的顶远的抛掷手:
像一支长矛在异类物身旁
我曾躺在我的恋人们身旁。你的鸣响
已将我抛向远方。我不知我在**何处**。
没人能携我复返。

我的姐妹念着我并穿梭纺织,
房舍里许多熟悉的脚步。
我独自偏远已被遗弃,
而且我颤抖像一个哀求;
因为在她的神话中燃烧着
那美丽的女神并过着我的生活。

萨福致埃兰娜

我要教你惶恐不安,
我要挥舞你,藤蔓缠绕的笏。
像死亡我要将你洞穿
并将你转送就像坟墓,
送给这一切:这一切事物。

萨福致阿尔凯俄斯（断片）

难道你对我还有什么可言，
你跟我的灵魂有何相干，
既然我到口的话儿说出之前
你便已垂下了你的眼帘？

公子，你瞧，言说这些物
将我们吸引并引至美名。
既然我想到：跟你们相处
会枉自丧失甜美的童贞，

这童贞有神守护，我和姐妹
无不知悉，为我们所拥有，
它未受触动，于是米蒂莱内
像个苹果园夜里芳香飘浮，
我们的乳房生长的气味——

是的,连这些乳房你也不愿
挑选并编扎,做成果环,
追求者,你的脸朝一边偏垂。
去吧,留下我,好让你所拒绝的
涌向我的古琴:一切停止。

这位神不是两人的援助者,
可是当他穿透这一人之时
…………

一位少女的墓碑

我们依然怀念。这一切仿佛
有朝一日注定会再现。
就像柠檬海滨的一棵树
你曾将又小又轻的双乳
带到他血液的咆哮里面:

——那位神灵。
　　　　　　就是他偏又,
轻快的逃逸者,宠爱女人。
甜蜜而炽烈,温暖如你的念想,
荫蔽你早熟的胁腹
并垂下像你的眉毛一样。

牺 牲

哦,我的肉体自每道血脉
更香地绽放,打从我认识你;
你瞧,我走得更端正更轻快,
而你只等待:你究竟是谁?

你瞧:我觉得自己渐渐远去,
我失去从前的,片片树叶飘零。
只有你的微笑像纯净的星斗
在你头顶,随即也在我头顶。

那一切,依然无名地像流水一般
闪闪穿过我的童年,
我要在祭坛按你命名,
那祭坛已被你的金发点燃,
被你的酥胸依偎并映衬。

东方昼歌

这张床难道不像一道海岸,
只是一片沙滩,让我俩共眠?
无一确定,除却你高耸的乳房,
它们超越我眩晕的情感。

因为这黑夜,里面许多兽狂吼,
里面有兽类召唤并相互撕裂,
难道它不是陌生至极?而这个呢:
那外面慢慢开始的,被称为白昼,
难道它比黑夜更容易理解?

人们或须这般相互交融
像环绕雄蕊的花瓣一层层:
不祥之物隐隐四处游动,
又麇集起来并扑向我们。

可是当我俩彼此紧紧缠住,
以免看见它们怎样逼近,
你可能脱出,我也可能脱出:
因为我们的灵魂靠背叛生存。

亚比煞

一

她躺着。她那双童子的臂膀
被仆人绑住,将枯萎者紧抱,
她躺在他身上,时辰甜美而悠长,
有点害怕他年迈寿高。

而有时候她在他的胡须里
转动她的脸,当一只枭嘶叫;
属于黑夜的一切到来并聚集,
同忧虑和渴望一起围在她周遭。

像她的同类一样星星战栗,
一缕芳香搜寻穿过卧室,
窗帘拂动并发出暗示,
她的目光悄悄追随——

但是她一直贴住那阴森的老人，
不曾被黑夜之夜所企及，
她抱着君王渐渐僵冷的肉身
像一个轻轻的灵魂，仍是处子。

二

国王坐着并沉思空虚的过去：
完成的业绩，未曾感觉的情欲
和他豢养的母狗，他的心肝——
可是夜晚亚比煞便弓身
覆盖他。他那迷惘的一生
已被遗弃如声名狼藉的海岸
在她幽静的双乳座下面。

而有时候，既然是情场老手，
他透过眉毛看得清清楚楚：
那张不动的、没有吻的嘴；
他看见：她的情感的绿色钓竿
并未垂下直到他的深底。
他冷得发抖。他倾听像只猎犬
并在他最后的血液里寻找自己。

大卫在扫罗面前歌唱

一

国王,你听,我的琴声如何
扰乱远方,我俩正穿过的远方:
星星驱使我俩迷惘地对撞,
我俩终于像一阵雨沉落,
花儿开放,在阵雨落下的地方。

少女们开放,你倒还认得她们,
如今已是女人并将我引诱;
处女的气味你还能嗅出,
而苗条的少年,发出喘息声,
紧张地守着讳莫如深的房门。

愿我的曲子能给你带回一切。
但我的歌声踉跄直如醉酒:

你的良宵,国王,你的春夜,
而一度何其,因你的雄风而衰竭,
哦,一度何其美丽那所有身躯。

我相信我在给你的回忆伴奏,
凭我的直觉。可是在哪些弦上
能为你弹出她们低沉的叫床?

二

国王,这一切你曾经拥有
而此刻你以你一生的享乐
将我征服,将我淹没:
从你的王座下来吧并毁去
我的竖琴,你使它疲乏虚弱。

它好像一棵树,已被缩小腰身:
从给你结过果实的树枝
正透出临近的日子的深沉,
是我几乎不认识的日子。

别再让我睡在这竖琴旁;

好好瞧瞧这只少年的手：
你以为它还是不能，哦国王，
将一具肉身的八度音弹奏？

三

国王，你把你藏在幽暗里，
可是我把你控制在手上。
瞧，我坚固的歌未被撕碎，
而周围的空间渐渐变凉。
我孤苦的心和你混乱的心
悬挂在你的愤怒的云层里，
彼此疯狂地咬得太深，
彼此抠掐，搅在了一起。

你现在感觉到我俩相互改造？
国王，国王，重量成了魂灵。
如果我俩就这样相互缠绕，
你缠住少年，国王，我缠住老人，
我俩几乎像一颗盘旋的星星。

约书亚召集以色列各支长老

一如大河以河口的巨流
在尽头突破它的堤岸,
约书亚的声音此时穿透
最古老的支派,最后一遍。

那些大笑的人如何被击败,
所有的心和手如何停下来,
仿佛三十场激战的喧嚣
升向一张嘴;这张嘴正打开。

千万士兵又一次无比震惊
像耶利哥城前那伟大的日子,
这次那嘴里却是羊角声,
而他们生命的城墙晃动不止,

把他们给吓得翻来滚去,

已无法抵抗并只好认输,
到这时才想起,他怎样在基遍
朝太阳高声喝令:停住。

神奔去,惊慌如一个奴仆,
并拽住太阳,在征战者头顶,
直到双手火辣辣地疼,
只因有个人想要它站住。

正是这个人;正是这老人,
他们以为他已不中用——
已是一百一十岁的高龄。
那时他站起来,闯进他们的帐篷。

他像一阵冰雹砸到禾秆上:
你们要向神承诺什么?异邦神
围绕着你们,等待你们选择。
但你们一选择,神就要毁灭你们。

随后,以一种无与伦比的傲气:
我和我的家族始终事奉他。

他们都喊叫:行行好,给一个暗示,
为这艰难的选择给我们勇气吧。

但他们看见他,沉默,一如这些年,
爬向山冈他那座坚固的城池;
随后不见了。这是最后一次。

浪子出走

现在就与乱糟糟的一切分离,
都是我们的却不属于我们,
都像那古老源泉里的水,
颤抖着映出我们又毁掉形影;
从所有这一切,好像长着刺
再次挂在我们身上——离去
并把这个人和那个物,
他已经看不见的一切
(这般寻常,已成了习惯),
挨个儿打量:温柔,谅解,
仿佛在一个开端并从近旁;
并若有所悟,好像非关个人,
好像那痛苦穿过所有人,
把童年装得满满当当——
却离去,从手中抽出手,
仿佛某人重新撕开伤口,

却离去：去哪里？去向未知，
去一个遥远、温暖、无亲人的国度，
它会像背景在一切动作后面
淡定而冷漠：花园或墙壁；
却离去：为何？由于天性和渴求，
由于忍无可忍，神秘的期盼，
由于不理解和无法交流：

承担这一切并且抛弃
那也许枉自获取的，以便
独自死去，却不知缘由——

这就是一种新生活的入口？

橄榄园

他在灰色的树叶下往上走
全然灰色并溶化于林区
并把他满是尘土的前额
埋入灼热双手的尘土。

这在一切之后。这便是结束。
现在我该走了,而我成了瞎子,
为什么**你**却非要叫我说
你存在,既然我再也找不到**你**。

我再也找不到**你**。不在我心里。
不在别人心里。不在这岩石里。
我再也找不到**你**。我孤独。

我一人扛着所有人的悲苦,
我曾经依靠**你**把它减缓,

而**你**不是它。哦,无名的羞惭……

后来人们说:一位天使来过——

为何是天使?唉,来的是黑夜
而且冷漠地把树叶翻动。
众门徒翻来覆去在梦中。
为何是天使?唉,来的是黑夜。

来过的那黑夜并非不寻常;
一百个黑夜就这样过去。
这时睡着狗,这时躺着石头。
唉,一个忧伤的夜,唉,任何一个夜,
等待着,直到又是白昼。

因为天使不看望这样的信徒,
周遭的黑夜也不会变得宏大。
失去自己的人谁也不眷顾,
他们已被父亲们抛弃,
已被逐出了母亲的怀腹。

Pietà[①]

于是我又看见,耶稣,你的脚,
当年我替你脱鞋,清洗,
那还是一双年轻人的脚,
局促地立在我的长发里,
像刺丛中的一只白兽。

于是在这个爱的夜晚,我初次
看见你从未被爱过的肉躯。
我俩还不曾躺在一起,
此时也只是痴痴相守。

可是瞧呀,你双手累累伤痕——
爱人,不是我咬伤,我怎么能够。
你的心敞开,向着芸芸众生:

[①] Pietà:圣母马利亚哀痛地抱着基督尸体的画(或雕塑)。——译注

从前这大概只是我的入口。

现在你倦了,你的疲倦的嘴
不想把我痛苦的嘴亲吻——
耶稣呀,何时曾是我们的良辰?
我俩又如何销魂而死。

女人为诗人歌唱

看吧,像万物敞开:我们亦然;
因为我们无非是这种福分。
一只兽体内的血和幽暗,
在我们身上长成灵魂,

再发出灵魂的召唤。它正召唤你。
你当然只把它纳入你的视线,
当它是风暴:温柔,没有欲念。
因此我们揣测,大概你不是

它所召唤的。然而,难道你并非
我们甘愿献身的那一位?
我们**更充实**于谁的心怀?

那无限的随我们一道**消隐**。
但你在,你是嘴,令我们倾听,
但你,你言说我们:你在。

诗人之死

他躺着。他那张竖立的面孔
苍白而决绝在陡直的枕头里,
自从世界和这种对它的认知,
已经从他的知觉拽掉,
退回到懵懵懂懂的日子。

看见他这样生活的人不知道,
他已同这一切合一,完完全全;
因为这一切:这些深渊和草地,
这些江河**曾经**是他的脸。

哦,他的脸曾是这完整的广大——
它现在还想趋向他并追求他;
而他的假面正惊恐地凋残,
娇嫩而敞开像一枚果实的内面,
这果实贴着空气腐烂。

子午线天使
　　——沙尔特

风暴从四面扑向坚固的大教堂
而教堂像一个否定者冥想沉思,
此时此刻人们感觉到,一下子
被你的微笑更温柔地引向你身旁:

微笑的天使,有感觉的形象,
做出你的嘴用了一百张嘴:
你竟未察觉,我们的时辰怎样
悄悄滑离你那圆满的日晷,

那上面白昼的整全之数同时,
同样真实,处于深深的平衡,
仿佛所有的时辰成熟而丰盈。

对我们的存在,石头神,你可知悉?

你正以愈加福乐的神情
也许将钟盘携入夜里?

大教堂

在那些小城里闲散地蹲着
古旧的房屋像一个年集,
它突然发现了她,吃了一惊,
便关掉货亭,关得严严实实,

并止住鼓声和哭闹的孩子,静悄悄,
竖起激动的耳朵朝她倾听:
因为她总是伫立在,格外安静,
她那件护墙和扶垛的褶皱袍子里,
对那些房屋一无所知:

在那些小城里你可以看见,
大教堂生长并逐渐拔升,
远远超过环境。它们的复活
逾越一切,一如太大的临近
不断超越自己生存的目光,

仿佛没别的发生；仿佛命运，
在它们之中无限地堆积，
已化为岩石并被规定为永恒，
不是此命运，在下面昏暗的街巷
偶然取了个随便什么名字
并以此对付，像小孩绿和红，
或那个，小商贩当围裙带在身上。
在这些砥柱中曾经有诞生，
在这种耸立中有力量和逼近，
还处处有爱如面饼和葡萄酒，
充满爱的悲诉的教堂大门。
生命踌躇于时辰的敲击，
而在钟塔里，它们充满放弃
突然不再攀升，则是死亡。

教堂的大门

一

他们留在那里,仿佛那潮水
已退去,它那巨大的冲击
洗刷着这些石头,直到他们形成;
而它落下时取走某些特征

从他们手上,这些手过分善良
并过分施舍,什么也留不住。
他们留存,区别于玄武岩中的形式
凭一道光环,一顶主教的帽子,

偶尔也凭一个微笑,为此微笑
一张脸将其时辰的平静
保存为一个静止的钟面;

现在被移入他们的大门的空虚里，
他们曾经是一只耳朵的耳郭
并接住这座城市的每个悲叹。

二

许多旷远皆以此表示：
像以一场戏的布景表示
世界；像在他的情节的袍子里
主角穿过那些布景——

这道大门的幽暗也这样随情节
走上它的深渊的悲剧舞台，
这样无止境和去朝圣像圣父一般，
又如像**他**稀奇古怪地变成

一个儿子，在这里被派上
多种渺小的几乎喑哑的角色，
全都出自悲苦的附件。

因为就只有这样（我们知道）
才能从瞎子、疯子和被抛弃者中间

产生救世主如一个唯一的戏子。

三

他们就这样耸立,屏住了心
(他们立在永恒上并从未走动);
只偶尔从皱褶的斜坡上走出
一个姿势,挺直、陡峭像他们一样,

并在半步之后突然停定,
在此几个世纪已超越他们。
他们在座架上处于平衡,
座架里一个世界,他们看不见,

混乱的世界,他们不曾践踏,
人物和动物,似欲危害他们,
弯曲并抖动但仍然支撑他们:

因为这些塑像如杂技艺人
就这样颤动并做出怪诞的动作,
以免他们额头上的杆子坠落。

窗子上的玫瑰

那里面:它们的爪子懒散的移动
制造出一种寂静——几乎使你困惑;
随后突然那些猫中有一只
将看花的目光,游移不定,

强行投入那一只大大的花眼中——
那目光,像是被一个漩涡
吸住了,漂浮了一小会儿,
随后沉没并再也不知道自己,

当那只眼睛,好像是睡了,
睁开并与咆哮联合起来
并将那目光拽入鲜红的血液里——

巨大的玫瑰也曾经这样
从教堂的幽暗中攫住一颗心
并将它拽入上帝之中。

柱　顶

一如从一个梦的怪物中升起
翌日从令人迷惘的痛苦中
浮现出来：那拱顶的翼缘
也这样冒出纷乱的柱顶

并让振翅的受造物在那里面
密密麻麻，莫名其妙地纠缠：
他们的犹豫和脑袋的爽快
和那些厚实的树叶，其汁液

上升如狂怒，最后则翻腾
以一种迅疾的姿势，聚成一团
又脱散开来——向上飞奔的一切

一次又一次寒冷地随幽暗
落下来，如像雨水操劳，
为供养这种古老的生长。

中世纪的上帝

他们已将他积攒在心中,
他们想要他存在并审判,
他们将大教堂的重担和块头
(为了阻止他升天而去)

最后像秤砣一样挂在
他的身上。而他呢,只须
指点他无穷无尽的数字
不停旋转并像一口钟

给他们劳作和生活一个暗示。
但突然他完全运作起来,
于是惊恐的城市的人们,

因害怕他的声音,就让他
随卸下的报时装置继续走,
而且躲开他的钟面。

尸体认领所

他们躺着并乐意,像非常要紧,
在事后编造一个情节,
使他们彼此与这种寒冷
和解并融合,这情节最贴切;

因为这一切好像还没有结束。
什么样的名字早该在口袋里
揣上的?他们嘴边那一圈烦忧
人们已经反复擦洗:

它没有擦掉;只变得异常纯净。
胡须倒显得稍微硬挺,
但是按看守的品位更整齐,

以免使那些呆视者感到厌恶。
而在眼睑后面一双双眼珠
打了个转,现在朝里面窥视。

囚　犯

一

我的手只还有一个动作，
它以此将什么驱赶；
什么从岩石里湿湿地
落到古老的石头上。

我只听见这种敲击，
我的心跟嗒嗒的水滴
保持着一个步调
并随之消逝。

但愿滴得更快一些，
但愿再有个活物来到。
某个地方曾经明亮些——
但我们哪里知晓。

二

且想象,你现在享有的风和天空,
你嘴边的空气和你眼前的光
全都变成了岩石,一个囚笼,
你的心和你的手在那里面。

而那个,此时在你心中叫明天:
往后或来年或三年两载——
它在你心中受了伤,化脓感染
并一直溃疡,不再到来。

而曾经存在的那个,它疯了,
在你脑子里飞转,使可爱的嘴,
从来不笑的,狂笑并冒泡。

而曾是上帝的那个,只是看守者,
用一只肮脏的眼睛阴险地堵死
那最后的洞孔。但你还活着。

豹
——在巴黎植物园

它的目光已被栏杆的晃过
弄得这么疲惫,什么也抓不住。
它觉得好像有千条栏杆
而千条栏杆后面没有世界。

强劲而轻捷的脚步柔软地行走,
在最小最小的圈中旋转,
像一种力之舞环绕一个中心,
在那里一个伟大的意志晕眩。

不过偶尔瞳孔的帘子
无声地撩起——于是有一幅图像进入,
穿透四肢紧张的静止 ——
随即在心中消失。

羚　羊
　　——瞪羚

中了魔法的：两句选中的歌词
要合辙怎能随时押上韵脚，
它在你身上来去，像是凭符咒。
从你的前额升起树叶和古琴，

而你的一切早已在譬喻中
穿过情歌，里面的歌词，柔嫩
如玫瑰花瓣，躺到不再念词的
情郎的眼睛上，他闭上的眼睛：

以便看见你：被抬过去，仿佛
每支枪管都装上了跳跃，
不过并未发射，只要脖子

使头倾听：有如在林中沐浴时

那位沐浴的少女突然中断：
转过脸张望林中的湖。

独角兽

那圣人仰起头来,祷告的话语
滑落像一顶头盔从他的头上:
因为正悄悄靠近,那难以置信的兽,
白色的兽,像一只被拐走的牝鹿
以它的目光无助地祈求。

象牙一般的腿的支架
在轻盈的平衡中移动,
一道白光喜乐地滑过毛皮,
而在那前额上,闪烁又静寂,
立着明亮的角,如月光下的钟塔,
每一步都使它挺直高耸。

长着浅灰淡红色绒毛的嘴
轻轻撩起,于是微微的白色
(白于一切)在牙齿上闪亮;

鼻翼张开并悄悄渴望。
但它的目光，不受任何限制，
将图像投入它自己的空间
并完结一个蓝色的神话圆环。

圣塞巴斯蒂安

像一个平躺者他这样立着;完全
被交付出去,被那伟大的意志。
像正在喂奶的母亲出神入迷,
编扎于自身之中像一个花环。

于是箭矢来了:就这时,现在,
仿佛它们从他的腰部脱落,
自由的末端不屈地颤抖。
但他神秘地微笑,未受伤害。

也许就一次他无比悲哀,
两只眼睛痛苦地鼓出,
直到将什么否弃,微不足道,
仿佛双眼鄙视地放掉
一个美好的物的杀手。

捐画者

这是对画家协会的一个委托。
或许救世主从未向他显现;
或许也从无主教,温柔而神圣,
走近他身边像这幅画上一般
并轻轻把手放到他头顶。

或许这就是一切:**这样**跪下
(这是一切,我们不知道其他):
跪下:以至于他将自己的轮廓,
想要朝外的,紧紧绷绷
收于心中,像控马于手中。

假若有一件非凡的事情发生,
既无承诺也无书面确认,
我们大概希望,它别看我们,
只渐行渐近,直到我们近旁,
操持它自己并沉入自身。

天　使

他以他前额的垂下把那一切，
限制和束缚的，驱赶得很远；
因为永恒的未来，宏大而挺立，
正穿过他的心并转着圆圈。

深深的天宇充满形象，未来觉得，
它们都能朝她呼喊：来吧，辨认——
别给他轻轻的双手任何东西
从你的负载。因为今夜我们

要拜访你，更加苛刻地考查你
并怒气冲冲地搜寻这房屋
并逮住你似欲创造你
并从你的模子中把你取出。

罗马石棺

但是凭什么我们可以不相信,
(像我们被放到某处并分派任务)
并非短时间只有欲望和憎恨
和这种困惑在我们心中盘留,

有如从前在装饰华丽的石棺里
在戒指、神像、彩带、杯盏中间,
在慢慢朽坏的锦衣华服里
躺着一具残尸,已慢慢朽烂——

直到被无从知晓的嘴吞噬,
它们不言语。(哪里有一个头脑
在思考,以便将来服侍那些嘴?)

在那里,从那些古老的渡槽
永恒的水曾被引入石棺——
如今它映现并流淌,亮闪闪。

天　鹅

这种艰难，穿过未做的一切
被捆住一般沉重地走去，
像天鹅未造设的走步。

而死去，即不再抓住
我们每天立足的根基，
像它骇怕的降落：——

落入水中，湖水温柔地承纳，
似乎幸福而陶醉，
从下面退走，一浪接一浪：
而它无限沉静，笃定，
益发成熟，益发庄严，
像国王一般从容远去。

童 年

这也许是对的,多多回想,
好把早已失去的说出点什么,
譬如那些漫长的童年的下午,
再也不复返——可是为何?

还令人回忆——也许在一场雨中,
但我们不再明白这有何意义;
再也没有了那时的生活
充满相遇,重逢和分离,

那时除了发生在物和兽身上的,
再没有什么发生在我们身上:
我们过着,像通人性的,它们的生活
而且变得浑身通体都充满形象。

而且变得如此孤独像一个牧人,

如此满载着宏大的未来,
仿佛被远方触动而被赋予使命,
慢慢像一条长长的新线
被引入那些情景系列中,
如今在里面延续令我们迷惘。

诗　人

时辰，你渐渐离我而去。
你击翅正击出我的创伤。
只是：我该拿我的嘴做什么？
拿我的黑夜？拿我的白天？

我没有爱人，没有家园，
也没有安身立业之处。
我只是将自己献给万物，
万物变得丰富并将我给出。

花　边

一

人性：摇摆不定的占有物之名，
尚未证实的幸福的存在：
这是非人性的吗，两只眼睛
变成了这条花边，这件窄小的
密实的装饰品？——你想要索回它们？

你，早已逝去的和最后变瞎的女人，
这个物中可有你至高的幸福，
朝着这幸福，你那宏大的感觉，
变得细小了，像在树干和树皮之间行走？

透过命运的一道裂口、缝隙，
从你的时间中你抽出你的灵魂；
如今它就在这个光亮的物件中，

于是我只对功利付之一哂。

二

若是有一天我们觉得这手工
和发生在我们身上的如此陌生,
微不足道,好像这并不值得,
我们如此艰难地长大成人
为了它的缘故——是否那时候
泛黄的花边幅面,密实的针脚,
这开满花朵的幅面并不足以
将我们留在这里?可是瞧:它成了。

谁知道,也许一生已被鄙弃?
曾经有一种幸福并已被奉献,
由此却终于,不惜任何代价,
形成这个物,并不比生命卑贱,
毕竟已完成而且如此之美
仿佛已不是太早,微笑并飘飞。

一种女人的命运

像国王狩猎时抓起一个杯子,
任何一个杯子,举杯畅饮——
可是随后它就被拥有它的人
收藏起来好像不再是杯子:

命运或许同样,也那么干渴,
偶尔将某一位端到嘴边啜饮,
然后她就被一种细小的生活,
太怕弄碎她,当成非用品

摆放到谨小慎微的陈列柜里,
那里面有他的异宝奇珍
(或是被视为珍奇的玩意)。

她陌生地立在那里像个典押品,
无非是变得陈旧变得暗淡,
并不珍奇也从不稀罕。

久病初愈的女人

像一阵歌声来了,走在巷子里,
渐渐靠近并再次望而却步,
拍击羽翼,有时几乎被抓住,
随即再次被远远撒出去:

就这样生命跟痊愈者捉迷藏;
而她呢,躺够了并这么虚弱,
笨拙得无法把自己献出,
便做出一个不寻常的动作。

她觉得这几乎像是诱惑,
当那只已经变硬的手,
手上的炽热相当荒谬,
自远而近,似乎以怪诞的触摸,
伸过来给她坚硬的下巴爱抚。

成年女人

这一切立在她身上而且是世界,
立在她身上随一切,恐惧和恩赐,
就像树木立着,挺直并生长,
全然图像又没有图像如同约柜,
并且庄严,像是被立在某民族身上。

而她忍受着;她承受直到一切,
飞翔之物,流逝和远去之物,
非凡的事体,尚未学成的事体,
被随意放下一如驮水的妇女
放下满满的水罐。直到在游戏中,
让她为别的做准备并使她变样,
第一条白色面纱,悄悄滑下,
落到她已被打开的脸上

几乎不透明并再也不掀开

并不管怎样对她的一切问题
只是重复一个模糊的答案：
在你心里，你不再是孩童，在你心里。

塔纳格拉

一抔烧过的泥土
像被大太阳烧过。
一只少女的手,
好像它的动作
突然不再消逝;
不再把什么抓取,
也不凭它的感觉
伸向任何一物,
只是把自己触摸
像手触摸下巴颏。

我们捧起并掂量
一个又一个陶像;
我们几乎能理解
它们为何不消亡——
但我们只是应当

更深和更惊异地
留恋这些古物
并微笑：比一年之前
也许略微清楚。

女盲人

她坐着像别人一样饮茶。
我起初觉得,好像她,与众不同,
有点异样地端起她的茶杯。
她笑了笑。几乎叫人心痛。

当人们终于站起来并摆谈
并慢慢,像偶尔会发生的一般,
走过许多房间(摆谈并大笑),
那时我看着她。她跟在别人后面,

收敛,如像一个女人
马上就得唱歌,在众人面前;
她那双明亮而喜悦的眼睛上
有外面的光好像在湖面。

似乎有什么尚未超越,

她慢慢跟随,她需要漫长;
可是;仿佛,在一个过渡之后,
她不再行走,而是飞翔。

在一个陌生的公园里
——博格比-加德

有两条路。没人被它们引去。
但有时，在沉思中，有一条让你
顺路走下去。好像你走错了；
可是突然你已被独自
留在花坛里又只以墓碑为伴，
又在那上面读着：男爵夫人
布里特·索菲——并又以手指
去揣摩已经风化的年份——
为什么此发现并非无价值？

你为何犹豫简直像第一次
满怀期待地站在这榆树广场上，
潮湿又昏暗并无人造访？

一种什么样的对立正引诱你，

在洒满阳光的花坛里把什么寻找，
仿佛是一种蔷薇的名字？

你为何老是停立？你耳中听见什么？
为什么你最终看见，何等迷惘，
环绕高高的火焰花有蝴蝶闪烁。

离　别

我深深感受到离别意味着什么。
我还深深知道：一个健全的玩意，
阴暗又残忍，将一个美好结合的事体
再一次展示、呈献并撕碎。

就像我没有抵抗，观望着这个，
它一边让我走一边呼唤我，
自己留下来，所有女人似乎也这样，
但是又小又白，无非是这个：

一个挥动，已不再与我相关，
一个轻轻继续挥动的——已几乎
不可解释：也许一棵李树，
一只布谷鸟从树上匆匆飞走。

死亡经验

我们对这趟远行一无所知,
它不与人分担。我们没理由
向死亡表示欣赏、爱慕
或憎恶,但一张假面之嘴

哀声控诉,使得它异常丑陋。
世界还充满角色,等待扮演。
虽喜欢我们,但只要我们烦忧,
死亡也介入,虽然不讨人喜欢。

但你上路时,透过那道裂缝,
你由此远去,一抹真实射入
这个舞台:真实的绿之绿,
真实的阳光,真实的树林。

我们演下去。单调地背诵台词,

好不容易学会的,偶尔亮出
手势;但你的此在,虽然被抽去,
虽然被逐出我们的大戏,

有时却袭击我们,像一种感悟——
对彼岸的真实,突然降临,
于是有一刻我们尽情投入
人生之戏,不曾想到掌声。

蓝色绣球花

如像颜料盘中最后的绿
这些叶片,干枯、暗淡而粗糙,
在伞状花序后面,而花序并未
穿着一种蓝,只是远远映现。

它们映现它,哭过而且模糊,
似乎它们又要失去它,
有如在陈旧的蓝色信笺里
它们里面有黄、紫和灰;

洗得褪色了像一条儿童围裙,
不再被穿着的,什么也不再发生:
令人感慨一个小生命之短暂。

但突然那蓝色好像在更新
在某个花序里,于是人们看见
一朵迷人的小蓝花在绿叶前欢喜。

夏日阵雨之前

突然间从公园的一切绿中
不知是什么,总之有什么,被夺走;
人们感觉到它正逼近窗门
却悄无声息。急切而凌厉

小树丛传来鸻鸟的叫声,
人们想起一个希罗尼穆斯:
从这一个声音中深深透出
某种孤独和激愤,倾盆大雨

将耐心倾听。大厅的墙壁
连同油画已渐渐退去,
似乎它们不许听我们说什么。

变得苍白的糊墙纸映出
童年的下午那暧昧的光亮,
那时候某人曾感到害怕。

在大厅里

他们都怎样围绕着我们,这些绅士
穿着侍从官的服装,胸部有襞饰,
黑夜怎样围绕着他们的星形勋章
越来越昏暗,简直毫无顾忌,
还有这些女士,娇嫩,柔弱,却巨大
因她们的礼服,一只手在怀腹里,
细小如巴儿狗脖子上的项圈:
他们都怎样围绕着阅读者,围绕每个人,
围绕这些不起眼的装饰品的看客,
其中有些个玩意还属于他们。

他们颇通人情,让我们不受干扰地
过自己的生活像我们理解的一般,
可他们真不明白。他们要繁荣,
而繁荣是美丽的生存;但我们要成熟,
这叫做幽暗的生存,得努力做工。

最后的傍晚

（出自诺娜夫人的所有物）

黑夜和远方的行驶；整个大军
和火车正从公园旁开过去。
但他的目光越过羽管键琴，
他继续弹奏并看向那淑女

几乎像人们窥入一面镜中：
里面充满了他的青春的轮廓，
他知道它们承载着他的悲痛，
在每个音符旁美丽而更诱惑。

可突然仿佛场景变得模糊：
她好像吃力地站在窗龛中
并抑制心房急迫的跳动。

弹奏缓下来。凉气从外面吹入。

而梳妆台上立着,陌生又蹊跷,
骷髅头上黑色的舌筒状军帽。

我父亲的青年肖像

眼睛里的梦。前额仿佛触及
某种遥远物。环绕巨大的嘴
许多青春,不曾微笑的诱惑,
而在修长高贵的军装
那全副装饰的绶带前面
军刀的护手罩和两只手——
只等待,平静,什么也不攫取。
而又几乎看不见了:仿佛它们,
逮住遥远物的,最先消失。
而别的一切被自己遮蔽了
并熄灭仿佛我们不理解它们,
并深深从自己的深底混浊——

你,迅速消逝的达格雷照片
在我较慢消逝的手中。

一九〇六年的自画像

眼框里那固定不变的
出自古老的悠久的贵族。
目光中依然童年之蓝和恐惧
和时而谦卑,不是奴才的
却是仆人的和女人的谦卑。
嘴是做成了嘴的,大而较真,
不善言辞,但是可道出
恰当之物。前额没有恶意
并喜欢在静静俯视的阴影里。

这些,作为关联,才只被预感到;
还从未在受苦或成功中
凝聚成持续不断的实现,
但仿佛一个严肃的、真实的物
已经以远方分散的事物筹划就绪。

国　王

国王年届十六岁。
十六岁而已是王国。
好像从一个埋伏处,他一眼扫过
议院的那些老脸嘴

朝大厅望去而漫无目标
并也许只感觉到这个:
紧贴着狭窄、细长、坚硬的下巴颏
那金羊皮勋章冰凉的链条。

死亡判决书摆在他手边
久久未写上名字。
而他们在想:他好伤脑筋。

他们会知道,假如了解他的脾性,
他只慢慢数到七十
在他签名之前。

复　活

伯爵听见了那些声音,
他看见一道透光的缝隙;
他唤醒那座祖坟里面
他的十三个儿子。

老远他就恭敬地问候
他的两个女人——
而众人,充满信赖,
复活并达到永恒

并只还等待埃里希
和乌尔里克·多罗泰,
他们俩,七岁和十三岁,
(一六一〇年)
在佛兰德被掩埋,
好先于别人在今天
坚定不移地走来。

旗　手

其他人感到身上的一切粗糙
和冷酷无情：钢铁、物件和皮带。
柔软的翎子有时倒表示亲热，
可每个人都很孤单并丧失了爱；
但是他扛着，像扛着一个女人，
那面军旗，服饰庄重而华美。

他身后走着她的沉重的绸缎，
那绸缎有时流过他的手背。

只有他能看见，当他闭上双眼，
一个微笑：他不得弃她而去。——

而当亮闪闪的胸铠里生出情意
并抓向她并拉长了手，想把她捉住：

这时他可以把她从旗杆拽下来
仿佛他使她失去了贞操,
好把她藏到军装里面。

而对其他人这就是勇气和荣耀。

布雷德罗德家族的末代伯爵逃出土耳其人的战俘营

他们恐怖地跟着他；远远地朝他
抛来他们的种种死亡，而他呢
绝望地逃窜，就只感觉到危险。
他的祖先的远方似乎对他

再没有价值；因为要这样逃命，
猎人前面的一头兽就行了。直到
那条河突然咆哮，在近处闪亮。
一个决断抬升了他和他的危难

并使他又成了贵族血统的少年。
贵妇们的一个微笑再次将甜美
注入他那张受过诱惑的脸，

已经完成的脸。他驱使坐骑，

走得伟大如那颗热血沸腾的心:
它驮他入激流像进入他的城堡。

交际花

威尼斯的阳光会将我的云鬟
点成一块金子：一切炼金术
庄严的终结。我的眉毛宛如
那些拱桥，你看见它们

引渡于双眼无声的危险之上，
一条秘密通道又将双眼
同海峡连接起来，于是海洋
潮涨潮落，在眼里变幻。

谁见过我一次，便妒忌我的宠物犬，
因为在它身上在走神的间歇时
那只华丽的手，从未被炽情烧成炭，

也不会受伤害，常常在休憩——
而少年们，古老的家族的希望，
死于我的嘴如死于砒霜。

巴洛克式暖房的台阶
——凡尔赛宫

如像国王最后还缓缓漫步
几乎没有目标,只为了有时候
向道路两边鞠躬的臣仆
展示自己大氅里的孤独——

那道台阶,独自在自古以来
行鞠躬礼的两排栏杆之间,
也这样上升:缓慢,靠神的恩典,
朝着天宇并向无处伸延;

仿佛它命令所有追随者
留下——于是他们都不敢
远远跟去;那沉重的拖裙
谁也不准捧在手上。

大理石马车
——巴黎

由七匹牵引的马共同分担,
这个不动之物进入了走动;
因为那高傲地在大理石的中心,
在年岁、阻力和万物上停留,

它展示在人们中间。看吧,不是
不可辨认,不是以任何一个名称,
不:就像主角将戏剧中的紧迫
刚刚表现出来并突然中断:

它也这样到来,穿过白天
那阻塞的过程,以全副盛装,
仿佛一位伟大的凯旋者最后

缓缓临近;他前面缓缓走来

俘虏们，因他的沉重而沉重。
还一直在临近并使一切停顿。

佛 陀

从远处那个胆怯的异邦香客
已察觉,他身上透出金子的光彩;
好似充满懊悔的巨富者
把自己的隐秘存积起来。

但慢慢靠近,他有些糊涂
面对那双眉毛之尊贵:
因为这并非他们饮酒的杯具,
也不是他们的女人的耳坠。

究竟有谁或可说出,哪些
物事曾经被熔化,才能够竖立
这个花萼上的这尊雕像:

更加喑哑,更呈宁静黄色,
胜过一件金器并也向四方
触动空间如触动它自己。

罗马喷泉
——博尔赫塞

两个盘子,一个高出于另一个
由一道古老的大理石圆边构成,
从上面的盘子中流水轻声
落向下面的水,而它等候着,

对那轻声细语的报以沉寂
并且秘密地,仿佛在空空的手中,
向它呈现绿和暗后面的天空
如某个从不知晓的事体;

在美丽的碟子里静静扩展
而没有乡愁,出自圆的圆,
只有时一滴一滴像梦幻一般

沉坠,顺着缕缕苔丝的末梢

滑向最后的镜子,它使那托盘,
为层层过渡,从底部轻声微笑。

旋转木马
——卢森堡公园

跟一个房顶和它的阴影一道
那片五彩马的林木已旋转
一小会儿,全都来自乡村——
它久久犹豫,在它衰落之前。
虽然有些给套上了车架,
但是神态上个个都有胆量;
一只凶恶的红狮与它们同行,
偶尔有一头白白的大象。

居然还有只鹿,像森林里一样,
只是它背着个鞍子而那上面
绑着一个蓝色的小姑娘。

狮子上骑着白乎乎一个童子
并用火热的小手稳住自己,

因为狮子露出舌头和牙齿。

偶尔有一头白白的大象。

在马上他们就这样掠过,
也有姑娘,光艳,对这种腾跃
几乎已不适宜;在这摇晃中
他们抬头看过来,随意的一瞥——

偶尔有一头白白的大象。

这都过去了,急匆匆,为了结束,
只是打转和兜圈而没有目的。
一抹红,一抹绿,一抹灰,一闪而过,
一个小小的侧影,几乎没开始——
而有时转过来一个微笑,
极乐的微笑,炫目并挥霍于
这个紧张的盲目的游戏……

西班牙舞女

像手上有一根白色的硫黄火柴，
尚未引发火焰，朝四面探出
颤动的舌头：贴近的观众圈子里
她圆满的舞蹈，闪亮、热烈而急促，
开始颤动并渐渐扩展。

突然它成了火焰，熊熊地燃。

以一道目光她点燃她的长发
并且一下子将她的全部衣饰，
以惊险的技艺，卷入这片烈火里，
从中正探出，像令人恐惧的蛇，
赤裸的、警醒和格格作响的双臂。

尔后：好像她觉得烈火还差劲，
她把它完全收拢并扔到地上，

很专横,以一种傲慢的姿势
并打量:它躺在地上发狂,
还一直在燃烧而没有屈服——
但是以一种问候的甜蜜微笑,
确信自己必胜,她抬起她的脸
并使劲把它踩灭。

尖 塔
——圣尼哥拉教堂的尖塔,弗内斯

终结之内部。好像那里,你盲目地
爬去之处,才是地球的表面,
你向它爬去在溪流倾斜的底部,
溪流从幽暗中缓缓涌出,那幽暗

细细流淌并搜寻,你的脸
使劲穿过它,像复活一般,
你突然**看见**它,仿佛它沉下来
从这个笼罩着你的深渊,

而你认出深渊,好像它在头顶
在一片朦胧的座椅中,那庞然大物,
翻了个转,你大吃一惊并觉得,
哦,当它上升时,披着毛像一头公牛——

但这时狭窄的尽头那奇幻的光
把你攫住。你在此又看见重霄
几乎在飞翔，炫目重叠着炫目，
和那些深底，醒着并极具功效，

和小小的白昼像帕特尼尔的画面，
同时的白昼，时辰皆并行同步，
桥梁跃过它们像狗群一样，
一直追踪着那条光亮的道路，

只是偶尔它被笨重的房屋
掩藏，直到它完全在背景之中
平静地穿过大自然和丛丛灌木。

广　场
　　——弗内斯

被有过的一切任意扩张了：
被愤怒和暴动，被一度伴随
判处死刑者的乱七八糟，
被售货棚，被年集吆喝者的嘴，

还被骑马经过的公爵，
还被勃艮第那股傲气，

（四面八方充当背景）：

这广场如今不停地邀请
远处的窗户吸收它的宽广，
而空虚之随员和扈从沿着
一排排交易的摊子缓缓

散开并整队。矮小的房屋
爬进山墙，欲将风物尽览，
塔尖彼此羞怯，讳莫如深，
总是极端地立在它们后面。

玫瑰花环码头
——布吕赫

巷道行走轻悄又缓慢
(像有时在痊愈的人边走
边想:这里从前有什么?)
而来到广场的巷道久久

等候着另一条,它只一步
便跨过黄昏明净的水面,
越来越柔和四周的物体,
而挂在水中的万千镜像
从未像这些物一般真实。

这座城并未消逝?现在你打量,
(按照一种不可理解的法则)
它在倒置中醒来并变得清晰,
似乎那里的生活并非不寻常;

花园又大又实在,悬挂在那里,
那里在瞬间照亮的窗户后面
在小咖啡馆里舞蹈突然旋转。

而上面留下的?——我相信,只有寂静
并慢慢品尝,不受任何催逼,
一粒又一粒甜美的葡萄,
钟声之葡萄,钟声也挂在天空里。

半俗尼修道院
——圣伊丽莎白修道院,布吕赫

一

高高的大门好像关不住任何人,
那座桥同样喜欢走来走去,
但肯定所有人都在,古老而敞开,
榆树掩映的庭院里并不再走出
她们的房屋,除了去那条通往
教堂的路上,以便更加明白
她们心中为何有这么多的爱。

在那里她们,披着纯净的亚麻布,
一齐跪下,像只有那一位的形影
千百个在圣歌齐唱中,深沉而清澈
齐唱在分散的柱子上化为明镜;
她们的声音沿着越来越陡峭的

曲调攀升并且恰恰从那里，
从不再上行之处，从最后的歌词，
投向并未将声音归还的天使。

因此下面的人静默，当她们
站起来并转身。因此随一个敬礼
她们默默无语地递出，指引者
向着被指引的接受者，圣水，
它使前额清凉并使嘴苍白。

然后她们，蒙得严严实实，
又三三两两走在那条路上——
年轻的平静，年老的神态各异，
有一位老妪慢吞吞跟在后面——
走向她们的房屋，它们使众人
很快静下来并偶尔透过榆树
相互显露一点纯粹的孤独——
在一块小小的玻璃上隐约闪现。

二

但是教堂的窗户以千块玻璃

将什么映入那庭院里面,
那里沉默、光亮和反光相互
混合,啜饮并夸张,浑浊不堪,
奇异地衰老如一种陈酒。

那里,不知道是从哪一面,
外重合到内,永恒重合到
不断消逝上,旷远叠合于旷远,
从未被利用,幽暗,镀了铅,模糊了。

那里,在夏日晃动的装饰下面,
长留着古老冬天的灰蒙:
仿佛它后面长久而忍耐地等着
一个温柔的男人,一动不动,
而前面等着一个哭泣的女人。

马利亚的宗教仪式行列
　　——根特

从所有塔楼中涌出，一条条河流，
向前翻滚的成群结队的金属
仿佛那下面一个铮亮的白日
要复活，街道是模子，以青铜浇铸，

铸件的边缘，经过敲打并突出，
可以看见五彩的紧密队列，
崭新的少年和轻盈的姑娘，
那队列卷起、追逐并驮负
层层波浪，被旗帜不确定的重量
拖了下去并被障碍拦住，
看不见了像上帝的手一样；

而在那边突然几乎被拽起来
被那些惊起的香盆的飘浮，

它们飞行，总共七个，在惊恐中
把自己的银链扯住。

观众的斜面包围了电车轨道，
轨道上一切停滞，翻滚并喧响：
那走来的，黄金和象牙的雕像，
其中有华盖猛然向阳台
腾立，在金色的流苏中摇晃。

在一切白色之上他们认出，
被人抬着并身穿西班牙服装，
那座古老的立像，瘦小而热诚的
面孔，孩子抱在她的手上，
他们跪下去，而它越来越近了，
在王冠下面天真却变得陈旧
并依然从大模大样的锦缎中
老是木呆呆地为人们祝福。

可是当它从那些跪拜者身旁
经过时，他们战战兢兢地仰视，
它好像竖起了它的眉毛——
给几个抬杠者的一个指示，

高傲,气恼,坚定不移:
令他们震惊,站住,考虑,
最后犹豫地走起来。但此时

她征用这整个激流的步伐
并独自迎着,好像认出了路,
大大敞开的教堂雷鸣般的钟声
在百个肩头上像女人一样走去。

岛
——北海

一

下一次潮水将抹去浅滩上的路,
四面八方一切都变得一样;
外面的小岛却闭着
眼睛;堤岸乱纷纷环绕

岛上的居民,他们正被生到
一个睡梦里,在梦中把许多世界
混淆起来,沉默;因为他们
极少言语,每句话像一段墓志铭

针对漂到岸边的某个陌生物,
它来到这里并留下,没有解释。
从童年起他们的目光所描述的一切

就是这样:并非对他们有用的,
过于伟大的、冷酷的、送来的东西,
这更使他们的孤独无以复加。

二

仿佛躺在一个火山口圆环里
在一个月球上:每个院落被围住,
而里面那些园子被穿上一样的
服装,像孤儿一样被那种风暴

梳理,它如此粗暴地教育它们
并连续几天用死亡恐吓它们。
然后有人坐在那里面的房屋里
并在斜镜中看见奇异的玩意

立在五斗橱上。儿子中的一个
傍晚走到门前并从手风琴里
拉出一个曲调像柔和的哭泣;

这是他曾经听见的在陌生的海港——

而外面一只羊正在形成,
巨大,几乎是威胁,在外面堤岸上。

三

近的只有内心;别的一切远。
而这个内心拥挤,每天
塞满了一切并全然不可言说。
岛屿像一颗小小的星子

空间并未察觉它,只默默摧毁它
以其未被意识到的可怕,
于是它,未被照亮和未被理睬,
独自

为了这一切毕竟有一个结束
尝试在一条自己发明的轨道上
幽暗地运行,盲目,并未列入
行星、恒星和星系的计划。

妓女群墓

在自己的长发里躺着她们
有褐色的、深深反省过的脸。
眼睛闭着像面对太多的远方。
骷髅,嘴巴,花朵。嘴巴里
光滑的牙齿像一副象牙做的
旅行象棋被立成行列。
还有花,黄色的珍珠,苗条的骨骼,
手和衬衫,正在枯萎的织物
在塌陷的心上面。但是
在那里,在那些戒指、护身符
和眼蓝色的宝石中间(情人的纪念品)
还立着性的寂静的隐秘空间,
一直到满是花瓣的拱顶。
而又是黄色珍珠,四处滚散——
陶土烧制的杯子,杯身的装饰
是她们自己的画像,油膏瓶

绿色的碎片,散发出花一样的芳香,
和小小的诸神形象:家宅的祭坛,
有欢喜神灵的妓女之天宇。
挣脱的带子,扁平的金龟子,
巨大的性的微小造型,
一张笑着的嘴,舞者和奔跑者,
金子的别针,酷似小小的弓
欲猎杀兽类和鸟类的护身符,
和长条的钩针,袖珍的家用器具
和一个圆形的红底碎片,
那上面,像一道入口的黑色题词,
一辆四驾马车的紧绷绷的腿。
而又是花朵,珍珠,早已滚散,
一架小小的古琴明亮的腰身,
和披纱之间,披纱雾一般垂下,
好像从鞋子的蛹中爬出来:
踝关节那轻盈的蝴蝶。

就这样她们躺着被塞满了物品,
珍奇的物品,宝石,玩具,器皿,
打碎的小玩意(林林总总的礼物),
并渐渐变暗如一条河的深底。

她们曾是河床,
那上面以短暂而迅急的波浪
(它们要继续赶往下一个生活)
许多小伙子的肉体冲了过去
而那里面男人的激流哗哗奔涌。
有时候男孩从童年的高山上
冒出来,胆怯地坠落下来
并玩弄深底的那些玩意儿,
直到落差冲击他们的情感:

然后他们用浅浅清清的水
充实这条宽道的整个宽度
并在很深的位置激发漩涡;
而且第一次映出河岸
和远方的鸟鸣——此时高高
一个甜美的国度的星辰之夜
天宇长入,这天宇无一处关闭。

俄耳甫斯·欧律狄刻·赫尔墨斯

这是灵魂的怪异的矿井。
像静静的银矿石一样,它们
作为矿脉穿过它的幽暗。血发源于
树根之间并继续走向人们,
而在幽暗中它看起来重如火山岩。
此外再没有什么红色的。

这里有岩石
和空洞的树林。跨越空虚的桥梁,
那个巨大的模糊的灰色池塘
悬挂在它那深远的底部之上
如雨水的天空在一片土地之上。
而在柔和的非常忍耐的草地之间
出现了这一条路的灰白的长带,
如一种长长的苍白被搁下了。

从这一条路上他们走来。

领头的瘦长的男人披着蓝色斗篷,
看上去像哑巴并对前途没耐心。
他的脚步大块大块地吞食着路
无需咀嚼;从垂下的皱褶中
他的双手沉重地吊着并捏成拳头,
再也不知道那只轻轻的古琴,
它已经长进他的左手里
如玫瑰藤长进橄榄树枝里。
他的感觉好像发生了纠纷:
他的目光像一条狗跑在前面,
转身,回来又一次次远去
并站在下一个拐弯处等待——
而他的听觉像一股气味留在身后。
有时候他觉得仿佛它一直
够到另外那两人的行走,
他们该当追随这整个攀登。
然后又只有他往上爬的回声
和他的斗篷的风在他后面。
但他对自己说,他们会来的;
他大声地说并听见它慢慢消失。

他们会来的,只是两人兴许
走得特别的轻。假如他可以
转过头去(假如往后望一眼
并不会破坏这整件大事,
刚刚才实施的),他一定会看见他们,
轻悄的两人,在后面默默跟随着:

那行走和远远传令之神,
明亮的眼睛上面戴着旅行帽,
手执细长的权杖于身前,
踝关节上有双翅扇动;
而被交给了他的左手:**她**。

这如此被爱的,以致从一把古琴
发出怨诉,竟多于从前出自怨妇的;
以致怨诉化为一个世界,那里面
再一次有了一切:森林和峡谷,
道路和村庄,田野、河流和鸟兽;
以致环绕这个怨诉世界,酷似
环绕另一个地球,有一个太阳
和一个寂静的繁星密布的天空运行,
一个改变了星座形状的怨诉天空——

这位如此被爱者。

她却走在那位神的手边,
被长长的尸带绊住了脚步,
走得不稳当,轻柔而没有不耐烦。
她在自身之中,如有崇高希望的一位,
并未想起那走在前面的男人
和这条攀升进入生命的路。
她在自身之中。而她的已死之在
充满她如充盈。
就像一枚甜美和幽暗之果实,
她满是她的巨大的死亡,
这死亡如此之新,以致她什么也不懂。

她在一种新的童贞之中,
不可触摸;她的性闭合了
如一朵稚嫩的花临近傍晚,
而她的双手已全然不习惯
婚嫁,就连那位轻轻的神
无比轻微的,引导的触摸
也伤害它们好像过分的亲密。

她已不再是这个金发的女人,
在诗人的歌曲中有时唱到的女人,
不再是宽宽床铺的芳香和小岛,
也不再是那个男人的所有物。

她已被解开如长长的秀发
并已被献出如落下的雨
并已被分发如百倍的储藏。

她已是根。

而突然当那位神
一下子止住她并在悲痛的惊呼中
说出话来:他转过身来了——
她什么也不懂并轻声说:**谁**?

但远远的,暗暗的在明亮的出口前
站着某个人,他的脸
难以辨认。他站着并望见,
在一条草地小径的长带上,
目光无比悲哀,那传令之神
怎样默默转身,跟随那形象,

她已经往回走在这同一条路上，
被长长的尸带绊住了脚步，
走得不稳当，轻柔而没有不耐烦。

阿尔刻斯提斯

那一刻突然那使者已在他们中间,
被抛入喜宴的沸溢之中
如像一种新的添加物。
他们并未察觉,酒徒们,神的
悄然莅临,他拿他的神性
裹住自己就像一件湿披风
而他们中有一人发觉,这个或那个,
他这样穿过去。但是突然
在谈话中有一个客人看见
上面餐桌旁那位年轻的主人
好像被拽到空中,不再斜躺着,
而且处处并以整个人映现出
一个陌生物,它跟他搭话,很可怕。
紧接着,仿佛那掺杂的渐渐清楚了,
是寂静;只跨了一步在地上——
有阴沉的嘈杂声及落下的含糊话语的

沉淀物,已散发出腐烂的气味
在沉闷的已围成一圈的笑声之后。
而此时他们认出了那瘦长的神,
他那样站在那里,内心充满使命
并冷酷无情——他们几乎明白了。
可是,事情说出来之后,超出了
一切认知,根本不可理解。
阿德墨托斯必须死去。何时?在这个时辰后。

他却把这恐怖者的华服撕得
稀烂并把他的双手从破布中
抽出来,好跟神讨价还价。
宽延几年,还有青春的仅仅一年,
宽延几个月,几个星期,几天,
唉,几天不行,几夜,只宽延一夜,
一个夜晚,只宽延这一夜:今宵。
神拒绝,而此时他叫喊起来
以叫喊来发泄并不停发泄和叫喊
像他的母亲在分娩时吼叫。

而她走向他,一个老妇人,
父亲也来了,那个老父亲,

两人站在叫喊者身边，老了，无用了，
不知所措，他突然，好像还从未
这么近，打量他们，不叫了，咽住了，说：
父亲，
难道你对这个剩余物很感兴趣，
对这个残渣，它使得你食不下咽？
走吧，把它倒掉。还有你，你老妇人，
玛特洛娜，
你还在这里做什么呢：你生过孩子了。
他一把便将两人抓住
像献祭的牲畜。一下子他松了手
并将老人推走，倒有了主意，放着光
并喘了口气，呼唤着：克瑞翁，克瑞翁！

就只是这个；就只是这个名字。
但他的脸上别有意味，
他没有说出它，不可名状地期待着，
像他那样把它朝年轻的朋友，情同爱人，
从杂乱的餐桌上热切地递过去。
老两口（站在那儿），你瞧，无法赎回，
他们耗尽了，废了，几乎没价值了，
而你呢，你，正有着你整个的俊美——

但这时他不再看他的朋友。
他待在那里，而走来的是**她**，
比他认识的她几乎矮了一点
而且轻飘又悲哀在苍白的婚纱里。
其他人现在都只是她的通道，
她穿过它走来，走来：（她就要到了
到他那正在痛苦张开的双臂里。）

可是他等着时，她说话了；不是对他。
她对那位神说话，而神听见她，
众人都听见了仿佛才在神之中：

没有谁可以是他的替身。我**是这个**。
我是替身。因为没有谁像我一样
结束了。我曾经在此的存在究竟
还留下什么？就只**是这个**，我死去。
她没有告诉你吗？当她托付你时，
在那里面等着的那个床铺
是属于冥界的。我这就离别。
离别复离别。
死去者带走的只有离别。我走啦，

好让这一切,埋葬在如今
是我丈夫的此人下面,瓦解并消散——
那么带我去吧:我就替他而死。

如像风在大海上突然变向,
神几乎像走向一个死人
并且一下子远离了她的丈夫,
又朝他扔去,暗中以一个小小的手势,
这个地球的一百个生命。
丈夫跌跌撞撞地冲向他俩
并伸手去抓好像在梦中。他们已向
入口走去,女人们挤在门边
哭红了眼。但他再一次看见
少女那张脸,带着一个微笑
转了过来,明亮如一个希望,
而这希望几乎是一个允诺:长大了
回来从深深的死亡回到
他这生者身旁——

此时他猛然
用双手捂住了脸,像他这样跪着,
只为在这个微笑之后什么也不再看见。

维纳斯的诞生

在这个早晨,前一个黑夜惊恐不安地
过去了伴着呼唤、喧嚣、骚乱——
所有的海洋再一次裂开并叫喊。
而当叫喊又慢慢闭合起来
并从天宇那苍白的白昼和开端
落下来并沉入喑哑的鱼群的深渊——
海洋分娩了。

第一缕阳光映红了宽广的波涛阴部
那一片毛茸茸的泡沫,而在阴部边缘
那少女站起来,洁白、恍惚又湿润。
宛如一片绿色的嫩叶动了起来,
伸长了而卷缩的慢慢张开了,
她的肉体舒展到清凉里
和尚未被触及的晨风里。

像月亮一样明净地升起了双膝
并隐入大腿的云彩边缘里；
小腿肚狭长的阴影退缩了，
双脚绷紧并变得光亮，
而关节生活得像饮者的
喉咙一样。

骨盆的高脚杯里躺着胴体
如童子手中的一枚娇嫩的果实。
而它的肚脐的小杯子里面
是这个明亮的生命的全部昏暗。
那下面翻起淡色的小波浪
并不断漫溢朝两侧胯下，
那里时而有一条静静的溪流。
但被照亮了并还没有阴影，
像一片四月的桦树林，
温暖、空虚，并未遮蔽，躺着阴部。

现在双肩的活动天平
已在挺直的躯干上处于平衡，
而躯干像一道喷泉从骨盆升起来
并犹豫地落下以长长的双臂

和更快地以长发的浓密下坠。

随后那张脸很慢地移过：
从它的斜坡那缩短的昏暗
进入清晰的、水平的隆起
而在此之后下巴陡峭地封闭。

现在脖子伸直了像一束光，
又像一根花茎，里面有汁液上升，
双臂也同时伸展像天鹅的脖子，
当它们寻找湖岸的时候。

随后像晨风一般第一次呼吸
进入这个肉体的昏暗的黎明。
在血脉之树最嫩的枝杈里
发出一阵沙沙声，而血液潺潺
在肉体的那些幽深的部位之上。
这阵风在增长：此时以全部的呼吸
它将自己灌进簇新的乳房里
并充塞它们并鼓满它们——
于是它们像帆一样，充满了远方，
将这个轻轻的少女推向海滩。

就这样女神登陆了。

在她身后,
她迅速走去穿过年轻的海岸,
整个上午冒出了
鲜花和草茎,温暖,恍惚,
像出自拥抱。而她行走并奔跑。
但是正午,在最沉重的时辰,
海洋再一次涨起来并将一只
海豚抛到那同一个地方。
死的,红的,裂开的。

玫瑰杯

你见过愤怒者闪烁,见过两个男孩
把自己揉成紧紧的一团,
那是仇恨并在地上翻滚
如一只被蜜蜂袭击的野兽;
戏子,重叠起来的夸张者,
疯狂的马,已经累垮了,
把目光抛弃,顶出嚼子,
仿佛脑袋从嘴里脱皮。

但现在你知道,这些何以被遗忘:
因为你面前立着充盈的玫瑰杯,
难以忘却的而且充满了
这一切的极致,存在和爱慕,呈献,
一次也不能给予,在此立身,
它或许是我们的:对我们也是极致。

无声的生存,没有尽头的开放,
需要空间而不从那种空间
(周围的物使之缩小)获取空间,
几乎未被勾画如留空之物
和纯内在之物,很奇异的娇嫩之物
和自我照耀之物——直到边缘:
某个物事为我们所熟悉如这个?

然后如这个:一种情感产生,
因为花瓣触动花瓣?
和这个:一个花瓣打开如眼睑,
那下面躺着的尽是眼睑,
闭着的,仿佛它们,十倍地睡着,
必须减弱一种内在物的视力。
和尤其这个:光必须穿透
这些花瓣。从千层重霄中
它们慢慢过滤出那一滴昏暗,
在它的火光中那团乱纷纷的雄蕊
激动不已并猛然直立起来。

以及玫瑰之中的活动,瞧:
偏转角度很小的动作,

以至于它们始终不可见,它们的光束
并未飞速逸散到宇宙之中。

瞧那朵白色的,喜乐地绽放了
并立在宽大的敞开的花瓣中
如一个维纳斯直立在贝壳之中;
和那朵脸红的,它好像迷迷糊糊
朝一朵冷漠的探过身去,
那冷漠的怎样无情地退避,
和那朵冷酷的怎样立在,深藏不露,
那些敞开的中间,它们正脱下一切。
脱下**什么**,好像可能是轻的和重的,
好像可能是披风、累赘、羽翼
和一个假面,这要看情况而定,
而它们**怎样**脱下:就像在爱人面前。

它们不能是什么呢:那朵黄色的,
深陷而敞开地躺着,难道不是
一枚果实的皮壳,里面同一种黄,
更凝聚,更橙红,便是汁液?
对它而言开放不已是太多,
因为在空气中它那无名的淡红色

吸收了淡紫色的苦涩的回味?
那朵麻纱的,它不是一件外衣吗?
里面还穿着衬衫,娇嫩和呼吸般温暖,
有了衬衫外衣马上会脱掉
在拂晓的阴影里在古老的森林浴场。
这里的这朵,乳白色的瓷器,
易碎的,一只浅浅的中国茶杯
并装满了又小又亮的蝴蝶——
和那边那朵,它无非只包含自己。

而一切不都是这样,只包含自己?
如果包含自己意味着:将外部世界——
风和雨和春天的忍耐,
罪过和惶恐以及讳莫如深的命运
与傍晚的大地的幽暗
包括云彩的飘动、逸散和飞临,
包括遥远星辰的隐约的影响
转化为一小点丰盈的内在物。

如今它无忧无虑地躺在敞开的玫瑰中。

新诗别集

(1908)

献给我的好友奥古斯特·罗丹

远古的阿波罗残躯

我们没见过他的头,也无人听闻,
脸上眼珠成熟,像苹果一般。
但他的残躯似烛台闪烁至今,
透出他的目光,只是已收敛,

依然闪亮。否则胸部的肌肉
不可能令你目眩,一丝微笑
不可能从悄悄扭动的腰
滑向那承担生殖的中枢。

否则双肩透明的垂落之下
这站立的石头丑陋、粗短,
不会像兽皮那么耀眼;

也不会每条边缘灼灼喷发,
像恒星:因为它从每个角落
看着你。你必须改变你的生活。

克里特的阿耳忒弥斯

丘陵之风:她的额头
不像是一个光亮的物品?
轻快的动物那光滑的逆风,
你塑造她:刻画她的裙服

紧贴无知无觉的乳房
如一种预感变幻莫测?
正当她,仿佛知道一切,
朝着最遥远之物,撩起的裙装

凉爽,同仙女和猎犬一道,
背着箭囊,挽着弯弓
冲进那坚硬的高高荒原;

只有时被陌生的村落所传召
并屈服于,虽气势汹汹,
那为了分娩的叫喊。

勒　达

当那位无计可施的神撞见天鹅时，
他居然也惊讶，发现它魅力无穷；
他消失在它体内，迷迷醉醉。
但他的骗术已使他采取行动，

虽然这不曾尝试的存在之感觉
他尚未检验。而那亮开的仙女
已从天鹅身上认出了来者
并已知道：他只求一处，

那一处，她虽抗拒却迷迷醉醉，
她再也不能掩蔽。于是他下来，
被那只益发软弱的手搂住脖子，

并放纵自己进入他的至爱。
他此时才欣然发觉他的羽衣，
真的变成了天鹅在她的怀腹里。

海　豚

那些真实者促使与其相同者
在每个地方生长并栖居,
也从相似的符号上感觉到
那些毁灭的王国里的相同者,
那位神,跟湿淋淋的特里同一道,
常常涌入偶尔也越过废墟;
因为那里出现过这种动物:
不同于哑寂的、冷漠无情的
鱼类,而有着他们的血缘,
自古以来便对人充满情感。

一大群来了,它们不断滚翻,
快活,仿佛感觉到浪潮亮闪闪:
温暖而欢爱的一群,它们的队形
好像以信赖装饰着航程,
轻松地串起来围绕圆圆的船头

像围着一只花瓶的腹部和弧线,
极乐,无忧,也绝无受伤之虞,
直立起来,入迷,呼声一片
并在腾跃时穿梭于波涛之间
欢快地驮着战舰勇往直前。

而水手带这个刚刚结交的朋友
一同踏上他那孤独的征程,
他为了报答而替这个伴侣
虚构出一个世界并以此为真:
这朋友喜爱音乐、众神、花园
和那种幽深寂静的星辰之年。

塞壬之岛

当他向来拜访他的客人们,
很晚了,四周暮色笼罩,
既然他们问起危险的航程,
静静地讲述时:他压根没料到,

他们何等惊恐并转换话题
以何其突兀的言语,好同他一样
看见平静下来的蓝蓝大海里
那些岛屿给镀上一层金光,

这景色却使得危险骤变;
因为此时它不再潜伏于
平时蛰居的惊涛骇浪间。
悄无声息它袭向水手,

他们知道,那些金色岛屿上

有时候会飘来歌声——
于是盲目地拼命划桨,
好像被寂静

所环绕,这寂静将整个旷远
纳入自身并在耳旁飘荡,
仿佛它的另外一面
便是那不可抗拒的歌唱。

为安提诺俄斯悲叹

你们谁也不理解这比梯尼亚的男童
(否则你们会掀开这激流将他救出来……)。
我虽然宠爱他。可是:我们只是以沉重
充满他内心并将他永远伤害。

究竟谁能够爱?谁会这个?——还没人。
所以我造成了无穷无尽的痛苦。
他如今是尼罗河诸神之一,可慰藉心灵,
我不知哪一位,也不能到他身边去。

你们还在抛他,疯子们,抛向星辰
好让我呼唤你们并催问:你们可爱他?
为何他不就是一个死人。他会乐意吧。
也许他什么也没有发生。

恋人之死

他只知道那人人皆知的死:
它抓人,把人驱入哑寂之域。
可当她,不是被它劫持,
不,只从他眼中轻轻散去,

滑向彼岸那些陌生的幽灵,
当他察觉,他们现在拥有
她那少女的微笑像月的光影,
又以他们的方式默默安抚:

就连死人也变得格外熟悉,
仿佛他通过死者与每个人
结下了亲缘,别人的言辞

他听却不信,他称那个国度
永远甜美,恍若仙境——
更替她踏遍每一方冥土。

为约拿单悲叹

唉,就连国王们也都不持久,
也难免逝去如同卑贱的事物,
虽然他们的压制如同印章戒指的压制
反印于这片柔软的国土。

但是你怎能,曾这般开始
你心灵的大写字母,
突然结束:我双颊的温暖。
哦,但愿有一位再度
造出你,当他的精子在体内闪耀。

某一个陌生人迟早要把你灭掉,
那对你至亲之人却不在场,
不得不挺住并听着噩耗;
像受伤的野兽在窝里悲鸣,
我只想躺下去大声嚎叫:

因为在我那些最害臊的地方
你已被拔掉像我身上的毛,
这里长在腋窝里的和那里——
我常常让女人神魂颠倒,

直到你将我那里搅乱的情欲
理顺像人们解开乱麻一团;
那时一抬头我就会感觉到你——
但现在你正走出我的视线。

安慰以利亚

他做了那件事和这件事：重新
建立联盟和那座祭坛，
他对祭坛的信任，曾抛得老远，
又回来了，当火从远方降临，
随后他还没有斩尽几百人，
因为他们嘴里的巴力太臭了，
在溪水边他一直屠宰到黄昏，

这黄昏和阵雨的灰蒙连成一片。
这样的工作日结束了，可是
当女王的使者走近他并威胁时，
他像个疯子一样逃入荒原

并流浪，直到他在染料木丛中
像被抛弃了似的开口大叫，
那叫声震撼沙漠：上帝呀，

别再使用我。我已崩溃了。

但就在此时天使来喂养他
拿一种食粮,他深深领受,
于是他日复一日沿着草地
和水流不停走向那座山头,

为了他的缘故主来到此山:
不曾在风中,不曾在山崩地裂里,
顺着大地沉重的折缝走着
空虚的火,几乎感到羞愧:
因为这个非凡者扑倒在地
一动不动朝向那已莅临的神,
这时候神以其血液轻柔的啸声
使他惊恐并蒙住脸将他讯问。

扫罗列在先知中

你可认为,你发觉自己堕落?
不,国王还觉得自己崇高,
当他只想把他那坚强的琴童
杀死并斩成碎块细条。

只是当圣灵在这样的路上
向他袭来并把他撕烂,
他才发觉内心并无恩典,
而且他的血在黑暗之中

执迷不悟地迎向审判。
他的嘴唾沫横飞并此时预言,
不过是为了那逃亡者远远
逃亡。这第二次便是这样。
可是从前:他曾经预言

几乎是孩子,仿佛他每条血管
都注入一张青铜之嘴;
众人呼喊,可是他的心呼喊。
众人行走,可是他走得更直。

而现在他无非是这一堆
倒塌的名号,一个个累赘;
他的嘴不过像屋檐的檐口,
让一股股汇集的水流
倾泻却来不及抓住。

撒母耳显灵于扫罗面前

这时隐多珥的妇人叫起来：我看见——
谁呀？国王抓住她的手腕。
妇人直眼瞪视并正要描述，
这时他觉得仿佛自己已看见：

那个人，他的声音再次击中他：
你为何搅扰我？我正在眠息。
你想要，因为上天对你诅咒，
因为主沉默并已离开了你，
在我的嘴里寻求一场胜仗？
你要我告诉你我的一颗颗牙齿？
除了牙齿我啥也没有……它消失。
这时候妇人号叫，双手蒙住脸，
好像她一定看见了：一败涂地——

而他呢，在此之前战果辉煌

像一面军旗招展于民众之上,
栽倒在地,想抱怨却还来不及:
等待他的是他的灭亡。

那妇人,本来不想打击他,
倒希望他忘掉并保持镇静;
她听说他现在什么也不吃,
便走到外面,宰牛并烤饼

并再三劝说,终于使他坐起来;
他坐着像一个人,忘记了从前:
过去的一切,除了最后那件事
然后他吃起来像个奴仆吃晚饭。

一位先知

被巨大的预感能力所拓展,
被火光照亮,当惩罚的审判,
从未毁灭他,进行之时——
那两只眼睛,在浓密的眉毛下
审视。而在他内心已再次直直地立起了言辞,

并不是他的(他纵有言辞又算
什么,纵然很体谅却只是乱谈),
而是别人的,坚硬的:铁块,岩石,
他必须熔化它们像一座火山,

以便当他的嘴爆发之时
抛出它们,这张嘴诅咒复诅咒;
同时他的前额,像狗的前额,
尽量将**这个**承受,

是主抓下来的,从自己的前额:
这一位,恐怕他们都已猜出,
他们会顺从那只指点的大手,
它指出**他**现在的样子:愤怒。

耶利米

从前我娇柔像刚出苗的麦子,
可是你,狂暴者,你有此本领,
激怒我这颗已呈献出去的心,
使得它现在燃烧像狮子之心。

你要求我得有一张怎样的嘴,
那时候,我几乎还是个孩子:
它成了一个伤口:如今它流血,
它流出无穷无尽的悲苦年岁。

每一天我都唱出新的伤痛,
全是你想出来的,你贪得无厌,
而它们竟不能使这张嘴死去;
你好好考虑,怎样使它悠着点,

好等到我们砸烂捣碎的一切

在危险之中远远散去，
统统完蛋并灰飞烟灭：
那时候我愿意面对废墟
最终又听见我的声音，
它从一开始就是号哭。

一个女巫

从前,古时候,人们说她老了。
可是她长驻并每天走过
同一条街道。人们改变了尺度,
以百年计,于是把她算作

一片森林。但每个傍晚
她都站在同一个角落,
黑乎乎像座古老的城堡
高耸而空洞并已烤焦;

那些咒语,在心中越积越多
不由自主也不可阻挡,
始终环绕她飘飞并喊叫,
而那些个,又已回到她身旁,
却阴森地坐在她的眉骨下,
已为今夜准备好了。

押沙龙的背叛

他们用闪电升起它们:
发自号角的风暴正鼓起
有宽宽波浪的丝绸军旗。
被火光映照出威严的那位
在高大敞开的帐篷里,
四周围着欢呼的子民,
享有十个女人,

她们(习惯于渐渐衰老的亲王
有节制的夜晚和作为)
在他的渴求下
翻涌如夏天的麦穗。

随后他出来见他的士师,
雄风丝毫未减,
而每一个靠近他的人

都被他的光刺瞎了眼。

他也这样引领众军
像一颗星辰为年引路;
在所有的长矛之上
他温暖的长发飘拂,
这长发连头盔也盖不住,
有时候会使他厌恶,
因为它们这般沉重
超过他最华丽的衣服。

国王曾经命令
一定要爱护美女。
但人们看见他掉了
头盔在危急的时候
将最凶恶的莽汉
一刀刀砍成一段段
红色的碎尸。
然后久久无人知悉
他的情况,直到突然
有人叫起来:在那后面
他挂在笃耨香树上,

眉毛高高翘起。

这已是足够的引示。
像一个猎手,约押
发现了长发——一根倾斜
扭曲的树枝:那里挂着他。
约押刺穿了那长条的悲叹者,
而给他背刀的卫兵
洞穿了此人全身。

以斯帖

婢女们花了七天从她的长发中
梳尽了她的忧伤的尘埃
和她的悲苦的残渣与沉淀,
又托起长发在露天里晾晒
并以纯正的香料来滋养它们
还是在这几天:但随后那时辰

已经到来,那时她,并非必须,
也本无期限,像个死人一样
走进那洞开而透出杀气的宫殿,
好立刻,被她的侍女抬在肩上,
在她的路的尽头见到**那一位**,
谁靠近他,就会死在他身旁。

他熠熠放光,于是她也感觉到
她头上王冠的红宝石突然闪亮;

她迅速让他的神情充塞自己
如一个容器并已满满当当

并且再也盛不下国王的威力,
此时她尚未走过第三座殿堂,
四壁皆是孔雀石,一片碧绿
蓦地朝她涌来。她未曾料想,

得走这么久,身上有这么多珠宝,
它们愈加沉重因国王的照耀
而且寒冷因她的恐惧。她走呀走——

当她终于看见他,几乎从近处,
斜躺在他那电气石的王座上,
摊成一大堆,真的像一个器物:

右边的那个宫女上前来接待
这没了力气的人儿,扶她坐下去。
他用他的节杖的尖端触摸她:
……而她心里明白这并非挑逗。

麻风国王

这时他额上长出了大麻风,
一下子贴在他的王冠下面
仿佛它才是一切恐惧之王——
它潜入惊慌失措的旁人心间,

他们呆呆瞪视着那个人身上
可怕的惩罚,他已被捆成一团,
期待着有谁来步他后尘;
可是还没人这般大胆:
仿佛这新的名号,可以承袭,
居然使得他益发不可触犯。

三个活人和三个死人的传说

擎着鹰打完猎,三个先生
就要开心地大吃大喝。
这时那老翁要他们看什么
并引路。骑手们叉腿停下,
面对三具豪华的石椁,

冲他们散发出三倍的臭气,
钻进嘴巴、眼睛和鼻孔;
他们顿时明白:那里早躺着
三个死人正在朽坏中,
便赶紧走开了,无比惊恐。

而他们只还有猎人的听觉
清晰在帽盔革带后面;
可此时老头发出嘘声:
——死人倒不曾穿过针眼

而且永远钻不进——那里边。

现在他们只剩下清楚的触觉,
长年行猎使之炽热而敏锐;
可一切严寒从后面攫住了它
并将冰雪融入它的汗水。

明斯特的国王

国王刚刚剪了头发；
王冠已显得太松垮
并稍稍压弯了耳朵，
一阵凶恶的喧哗，

出自饥饿的兽嘴，
偶尔飘过耳边。
他坐在，就为了取暖，
自己的右手上面，

坐立不安并闷闷不乐。
他觉得自己不再是真君：
他心中之主平凡，
而他的房事差劲。

死者之舞

他们不需要伴奏的乐队；
他们听见体内在呼号
仿佛他们便是鹰巢。
他们的恐惧渗水如一个肿块，
而他们腐烂的最初气味
还是他们最好的气味。

她们更紧地抓住那舞者，
条条肋骨有镶边装饰，
那情郎，第八个替补，
结成完整的一对。
而他松开了修女团的修女
头发上面的披巾；
她们只跟同类跳舞。
而他从她的祷告书中
把书签轻轻抽出来，

她显得蜡一般苍白。

很快她们会觉得太热,
她们穿着太华丽的礼服;
刺痛人的汗水正作践
她们的额头和屁股,
连衣裙、女帽和珠宝;
她们但愿全身裸露
如一个孩子,疯子和女子——
这些人还一直合着节拍跳舞。

末日审判

这般惊恐,像他们从未惊恐过,
乱套了,常常散架了,窟窿满身,
在他们田野上爆裂的赭石里蹲着,
他们绝不可以从他们的浴巾,

他们喜欢上的,分离开来。
但是天使莅临,好将油
滴入干枯的关节之臼,
好将那一件物事放在

每个人腋窝里,他不曾亵渎它,
当他的生命还充满喧哗;
因为在那里它还有一点温暖,

不至于凉着上帝之手,
当他轻轻从每个方面
触摸它,以感觉它管用与否。

诱　惑

不，这不顶用，他将尖尖的刺
扎入自己淫欲的身躯；
他的一切怀孕的感觉
在阵痛的刺耳叫声中生出

早产儿：倾斜的，斜眼瞟去的，
爬行的和飞翔的种种幻象，
外甥女，她们的恶只热衷于他，
纠结起来并跟他捉迷藏。

而他的感觉已有了孙子；
因为流氓在夜里特丰产
并在益发多彩的斑点中
粗制滥造并翻了十番。

这一切被酿成一种酒浆：

他双手抓住的全是杯柄，
这幻影挪上来像屁股一般
温暖并为拥抱而苏醒——

这时候他呼叫天使，他呼叫：
熠熠放光的天使降临
并就在那里：并将它们
又驱入这圣人的肉身，

以便他在体内如多年以来
跟魔鬼和害虫继续搏击，
从心中滤出杂质并蒸馏出上帝——
这么长久他仍然不清晰。

炼金术士

古怪地嘲笑着,这实验员将烧瓶
推开,冒着烟虽已平静许多。
他现在知道,他还需要什么,
以便那十分尊贵的结晶

在里面形成。他需要许多时代,
若干千年为自己和这个头颅,
里面在沸腾;脑子里有星宿
而在意识里至少有大海。

对这非凡之物他梦寐以求,
今夜他要释放它,让它复归于
上帝和自己古老的样态;

而他却,像一个醉汉喃喃自语,
躺在保密书柜上并渴望那一块
黄金——终于被他占有。

保藏圣人遗物遗骨的匣子

命运在外面等待着每一只
戒指和每一扣链环,
没有它们命运不会发生。
里面它们只是物,这些物品
是他锻造的;因为在金匠眼前
就连他所弯曲的王冠也只是
一个物,一件颤抖的物事,
他似乎发着火板着脸教训它
以承载一枚纯粹的宝石。

每天每日冷冷的饮食
使他的目光越来越寒冷;
可是当这件华美的容器
(黄金打造,许多克拉,珍贵)
完工了摆在他面前,献祭之物,
以便今后一只手小小的关节,

洁白，像奇迹一般在里面安居：

他便在地上长跪不起，
匍匐下去，哭着，再不敢放肆
并使他的灵魂拜倒在地，
面对这宁静的红宝石，
它仿佛发觉了他
并从未来的王朝打量他，
突然询问起它怎样存在下去。

黄　金

试想它不存在：它必须最终
在大山里面形成矿苗
并且在江河里沉淀下来——
由于他们意志的发酵，

由于欲念；由于这种强迫观念：
一种矿石竟高于一切矿石。
他们一再从自己心中
抛出米罗厄，远远抛至

大地的边缘，抛入太空，
超出已曾经验的之外；
而儿子们后来有时候
把父辈所预言之物，
锻炼和蹂躏过的，带回家来；

在那里它养一阵伤,好随即
离开亏蚀金钱的人,
它从不喜欢他们。
只是在最后一夜(人们说)
它下床来打量他们。

石柱圣人

各个群体似欲将他吞没,
他可以推选他们也可以诅咒;
他猜出自己已走投无路,
为了避开民众的气味
他以冻僵的双手爬上石柱,

它一直上升并不再托举什么,
他开始,独自在他的地盘上,
完全从头做一个比较:
他自己的弱点和对主的颂扬;

而这便没有尽头:他比较;
另一个变得越来越崇高。
那些牧人、农夫和筏工
目睹他,激动不已而渺小,

一直同整个天宇进行争论，
有时被雨淋湿，有时亮晃晃；
他的吼声扑向每个人，
仿佛他冲着每张脸吼叫。
可是几年来他没注意到，

下面人群的要求和倾向
怎样不断地取长补短，
而那些王侯的光芒已很久
不曾射上来直到顶端。

但是当他在上面，几乎被诅咒
并已被他们的反抗所摧毁，
孤独地以不停的绝望叫喊
企图撼动每天每日的魔鬼：
肥大的蛆虫便从他的伤口
沉重而笨拙地缓缓落到
第一排头上，悬而未决的王冠里
并不断繁殖以天鹅绒为巢。

埃及的马利亚

自从她当初,床一般热,身为妓女
逃过约旦河并只给人畅饮
那颗纯粹的永恒之心,
就像给出一个坟墓,

她早早的献身便日益增长成
这样一种伟大,什么也止不住,
以致她最终,如人人永恒的裸露,
以渐渐泛黄的象牙之身

躺在那里,躺在枯发的头皮屑里。
一头狮子转着圈;一个老头
向它招手,叫它助一臂之力:
　　(于是他俩一起掘土。)

老头把她放进坑去。

而狮子，如像捧着族徽，
蹲在旁边并捧着岩石。

钉在十字架上

早就演练过,把任何一帮无赖
赶到光秃秃的绞刑架前面,
沉重的奴仆们垂头丧气,
只偶尔有一张巨大的鬼脸

回访被撂在一边的那三人。
但是上面糟糕的残杀
很快完成了;而收工之后
闲散的男人可随便溜达。

直到有个人(肋膴如熏肉伙计)
说道:长官,这个还在叫喊。
那长官在马上瞅:哪一个?
他自个儿也觉得,他仿佛听见

他叫唤以利亚。所有的人

都兴致勃勃在旁边观看,
他们挖空心思,以免他断命,
拿整个醋泡苦胆来延续
他渐渐消失的气喘。

因为他们还想看一整出戏剧
和也许正在来临的以利亚。
但马利亚在后面远远地呼喊,
而他自己吼叫并断气啦。

复活者

直到临死他始终未能
拒不接受或者否定:
她为她的爱感到自豪;
她扑倒在十字架跟前,
痛苦之衣裳此时缀满
她的爱的最大的珍宝。

可当她后来,为给他涂圣油,
走到坟前,满脸的泪珠,
他复活,因为她的缘故,
他想更极乐地告诉她:不——

回到草棚里她才醒悟,
最终——他的死使她坚强,
他那样拒绝圣油的安抚,
不准她有动情之预感,

是为了把她造就成一个爱者——
不再迷恋自己的情人,
因为她,被狂飙席卷而去,
必将超越他的声音。

圣母颂

她爬上山来，已很吃力，几乎
不相信什么安慰、希望或办法；
可此时那位年高望重的孕妇
诚挚而自豪地迎向她

并知道一切，虽然她未告诉她，
这时她突然靠着她歇一歇；
两个有身子的女人小心扶持着，
直到年轻的说道：我感觉，

仿佛我，爱，从现在起永远存在。
富人们虚荣，但几乎一眼不看，
上帝便洒掉他们的微光；
可他细心寻找一个婆娘
并给她注满他最遥远的时间。

于是他找到我。你好好考虑吧;为了我
发出号令从星宿到星宿——
要颂扬并抬举,我的灵魂呀,
这般高如你所能:这位主。

亚 当

他惊奇地站在这座大教堂
陡直的上升旁,靠近窗棂的玫瑰,
仿佛震惊于自己的名望,
它一直增长并且一下子

使他君临衮衮诸王之上。
他耸立并如此欢喜:他的不朽
早已一锤定音;他成了农夫,
创始的,而且他不知道,怎样

从那座圆满却已结束的伊甸园
找到一条出路,引他进入
新大地。上帝难以说服;

而且他一再,非但不予成全,
威胁他,说他必定死去。
可是人赓续:她将会分娩。

夏 娃

紧贴窗棂的玫瑰,单纯的站立,
靠近教堂伟大的趋升,
手执苹果并以苹果的姿势,
无辜却有罪,一次即铸定,

站在她分娩的胎儿身边,
自从她怀着爱最终走出
永恒的界域,好历尽险阻
穿越大地,像幼稚的一年。

啊,她多想在那个国度
再逗留一时半晌,
欣赏鸟兽的理智与和睦。

但既然决定委身于亚当,
她便跟随他追求死亡;
她几乎不识上帝的模样。

花园里的疯子
——第戎

早已取消的卡尔特修道院依然
环绕着庭院,仿佛有什么会痊愈。
如今住在里面的,也在休息,
外面的生活他们从不参与。

凡是会来的,都在进行之中。
他们喜欢在熟悉的路上漫步,
有时分开有时又迎面走来,
仿佛他们兜着圈,乐意,纯朴。

虽然有些人照料春天的苗床,
谦卑,衣衫寒碜,跪了下去;
但是没人在旁边看见的时候,
他们会对小草,娇嫩又翠绿,

做一个古怪的隐讳的表情，
怯生生地摸，直勾勾地看：
因为这是友情，而玫瑰的红
也许会带来极大的危险，

也许当即又已经超出
他们的心灵又认出的物事。
但这个还可以藏在心中：
小草多美好，悄无声息。

疯　子

他们沉默，因为他们的知觉中
隔膜已经消除，
而他们难以被人理解的时辰
正开始并缓缓逝去。

常常在夜里，当他们走到窗前：
突然一切皆美好。
他们的双手放在实物里，
而心灵崇高并或可祈祷，
憩息的目光落到

出乎意料的、常常走了样的
花园上，这宁静的方块地
在陌生世界的反光中
继续生长并永不消失。

出自一个圣徒的生活

他识得恐惧,它们的入口
像正在死去而不可忍受。
他的心学会慢慢穿过;
他把它当一个儿子养育。

他识得无名的贫困,幽暗,
没有早晨就像地下室;
他顺从地献出他的灵魂,
因为它长大了,好让它歇息

在它的新郎和主身旁;孤零零
他便留在这样一个角隅,
在此孤独使一切登峰造极,
他与世隔绝并再也不要言语。

但他也因此,随着时间的推移,

体验到幸福：用自己的手
把握自己像所有生物一样，
以便感觉到一种温柔。

乞丐

你不知道,由什么构成
群体。一个陌生人发觉
乞丐常常群居。他们出售
自己手中的空空如也。

他们向这个远方来客
展示塞满粪土的嘴,
他得以看见(他能够承受)
他们的麻风怎样吞噬。

在他们斜视翻白的眼睛里
溶化了他那张陌生的脸;
他们拿被引诱之人逗乐
并朝他吐口水,他若想摆谈。

陌生的家庭

就像尘埃,以某种方式开始却不在
任何一处,为了不可解释的目的
在一个空空的早晨、在一个正有人
打量的角落,飞快凝结成一团浅灰,

他们也这样形成于,谁知道由什么,
你的脚步前面在最后一刻
而且是巷子潮湿的沉淀物中间
某种隐隐约约的东西,

它正盼望你。或者不是盼望你。
因为一个声音,像是从去年发出,
虽然对你歌唱却变成一种恸哭;
还有一只手,像是从哪里借来,
虽然探出来却并不握住你的手。
究竟谁还会来?这四人将谁期待?

清洗尸体

她们已经习惯他了。可是
当厨房的灯来了,在昏暗的气流里
不平静地燃烧,这个陌生者
倒格外陌生。她们洗他的脖子,

因为对他的命运一无所知,
她们便替他另外编造一段,
继续洗下去。一个不得不咳嗽,
于是好一会让沉重的醋酸海绵

搭在脸上。这时另一个也正好
歇一口气。那把硬硬的毛刷
有水珠滴答;与此同时他的手,
攥紧而吓人,似欲向整座房屋
表示,他真的已经不渴啦。

他表示。她们好像有些害臊,
随一声短短的咳嗽现在赶紧
忙活起来,于是在糊墙纸上
沉默的图案里她们弯曲的身影

盘绕并辗转像是在一张网里,
直到清洗的工作即将完成。
没有帘子的窗棂里的黑夜
肆无忌惮。而一个无名之人
平躺着,赤裸而洁净,并昭示法令。

老妇人中的一个
——巴黎

有时在傍晚(你知道是怎样做的?)
她们突然停下来,朝后面点点头,
随后在半边帽子下面露出
一个微笑——像藏在补丁之后。

在她们旁边立着一幢大楼,
没有尽头,她们引诱你跟过去
以她们的疥疮之谜,以帽子,
以她们的围巾和她们的行走。

以那只手,在后面衣领下
暗自等待并盼望着你:
好像就为了把你的双手
裹进一张捡来的废纸里。

盲　人
　　——巴黎

看呀，他行走并中断这都市——
并不存在于他昏暗的位置，
像一道昏暗的裂缝划过
明亮的瓷杯。又像一张纸，

事物的反光描在他身上；
但是他并不接受。就只有
他的感觉在活动，仿佛
在捕捉微波里的宇宙：

一种寂静，一种抗力——
尔后他好像等待着选择谁：
他举起他的手献出自己，
近乎喜庆，似欲婚配。

一个枯萎的女人

轻轻的,好像是在她死后
她戴上手套披上沙帔。
从她的五斗橱飘出的芳香
早已驱散了那亲切的气味,

从前她以此辨认自己。
如今这问题已不再考虑,
她是谁(一个远方的亲戚),
她常在沉思中走来走去

并照料一个腼腆的房间,
打扫,清理又爱惜,
因为也许同一个少女
还总是住在那里。

圣 餐

永恒的欲探访我们。谁可以选择
并区分那些力量,伟大或卑贱?
你能否透过商铺的暮色朦胧
在清晰的后屋认清这圣餐:

他们怎样手持它并相互传递,
专注于这个动作,沉重而朴实。
他们的手中便有标志升起;
他们不知道,他们正做出标志

并总是重新提起某些话头,
他们饮什么并将什么分有。
因为没有谁不是,当他逗留时,
随时随地从这里悄悄离去。

在他们中间不总是坐着某人,

他把小心翼翼服侍他的双亲
打发给他们已经告终的时间?
(卖掉他们,他觉得,毕竟太过分。)

火灾现场

被初秋的早晨,疑心很重,
避开了,在烤焦的椴树后面,
椴树挤压着这荒郊的房子,
如今躺着个新东西,空空的。

多了个去处,在此孩子们,谁知道
从何而来,互相尖叫并追逐
碎片。但大家安静下来,每当他,
这里的儿子,用一根长长的叉棍

把烧水壶和变形的盆子从炽热的,
半是灰烬的柱顶盘中拖出来——
然后他便以一种目光,仿佛
他撒谎,打量其他人并说服他们

相信,是什么立在这个地方。

因为自从它没有了,他倒觉得
它如此奇异,比法老还更奇妙。
他变了个人。像来自遥远的国度。

班　子
　　——巴黎

仿佛某人迅速采编了一束花：
偶然也匆忙整理着这些脸，
弄松它们又重新压得更紧，
抓住俩远的，放开一个近的，

拿这个换那个，把某一个吹醒，
从一片混杂中抛出一只狗如野草，
把显得偏低的那个的头往前拽，
好像穿过乱纷纷的花茎和花瓣，

再把它捆扎在边缘毫不显眼；
并再次伸展，作出改变和调整
并且正好有时间，为了察看

往回跳到垫子中间，垫子上

那个肥胖的、摆动钟锤的汉子
随即使他的沉重膨胀起来。

魔笛耍蛇

当魔术师摇摇摆摆在集市上
吹起葫芦笛,以单调的笛声引诱,
他这样兴许能够把一个听者
勾引过来,此人一步步走出

货摊的喧嚣并走进笛声的范围,
这笛声想要再想要并终于如愿:
他笼子里的毒蛇硬挺起来;
随后又撒娇,使这僵硬的变软,

以两种曲调,越来越狂暴和迷醉,
要么恐怖和捕杀,要么安抚——
尔后只需一道目光:这印度人
就将你带到了一个陌生的地域,

你会死在那里。你觉得仿佛

炽热的天空压倒你。你的脸
被一道裂缝划过。各种调料
撒到你北方的回忆上面,

它对你毫无帮助。没什么保佑你,
太阳在发酵,酷热降临并灼伤;
一根根柱子耸立,幸灾乐祸,
而那窝蛇口中毒汁闪亮。

黑　猫

一个幽灵还是像某一处，在那里
你的目光跟一种声响碰撞；
但是在这里，你最顽强的注视
被溶化，在这片黑色的皮毛上：

像一个疯子大发狂暴，跺脚
跺进了黑暗之中，一刹那
在一间小室那消气的软垫上
终于消停并蒸发。

就是说，每一次射向它的目光，
它似乎全都收藏在自己身上，
好冲着它们，既恼怒又恐吓，
瑟瑟发抖，并与其共眠。
但突然它好像惊醒过来，
转过视线正对着你的视线：

这时候在它圆圆的眼珠
那黄黄的龙涎香里,不可思议,
你又碰上你的目光:被裹住
就像一只绝了种的虫子。

复活节前

——那不勒斯

明天在这些凹痕深深的巷子里,
它们穿过层层堆叠的生存,
下部阴暗,朝那港口挤去,
游行队列的金色将闪亮翻滚;
不是旧衣服,而是祖传的被套
想要飘扬,就会从阳台,
越来越高(仿佛映现于
什么流体里),悬挂出来。

但是今天随时都有人
满载而归,拍击门环,
总有人拖着刚买的货物;
货摊上却依然堆得满满。
拐角处一只开膛破肚的
公牛露出新鲜的内腔,

小旗上停止了一切波动。
千万个祭品,丰富的储藏

挤在长凳上,挂在木桩周围,
在所有门户的霞光中翻卷,
熙熙攘攘,而面包一直
延伸到裂口的甜瓜前面。
死去的充满贪欲和情节;
但更寂静的是半大的雄鸡,
悬挂后酥软可口的公羊,
而小羊羔最是悄无声息,

有些男孩把羊羔扛在肩上
而它们随脚步点头倒很乐意;
与此同时在围着那玻璃罩中
西班牙的圣母雕像的人墙里
冕状头饰上的饰针和银簪
因烛光的预感而熠熠生辉
益发闪亮。但是上面的窗户里,
浪费着目光,出现了一只猴子
并以一种自命不凡的姿态
飞快地做出不合礼仪的手势。

剧院的楼厅
——那不勒斯

被楼厅上部的狭窄
像被一名画师所安排,
又像被编扎成一束
正在衰老的脸,椭圆形,
夜晚里清晰,她们看起来
更完美、更感人,好似永恒。

这些相互依仗的姐妹,
仿佛她们正从远处
没有盼头地相互盼望,
相倚相靠,孤独靠着孤独;

而哥哥保持庄重的沉默,
饱经风霜,显得老到,
却被一个柔和的瞬间

暗中跟母亲作了个比较；

而在他们之间，早就跟谁
都不相像，脸长而老朽，
一个老妪的假面，落落寡合，
像在坠落中被那只手

止住了，可是第二张假面
更枯萎，仿佛它继续滑行，
挂在下面那些衣服前

那张童子脸的旁边，
最后这一张，苍白的脸色，
试图又被栏杆划掉
像还不可确定，还不可揣测。

流亡者之船
　　——那不勒斯

试想：某人心急火燎地逃跑，
胜利者紧紧跟在后面，
突然那逃跑者，出乎意料，
猛地转了个急弯
迎向数百人——就这般
那些红彤彤的果实
一再投向蓝蓝的海边：

缓慢的橘子小舟将果实
运往那艘灰色的大船，
一箱一箱的鱼和面包
也从其他小舟往上搬——
而大船，极具讽刺，以它的肚腹，
敞开如死亡，容纳煤炭。

风　景

好像最后，在一个瞬间
堆积而成由古老重霄的断片，
山坡、房屋和毁坏的桥拱，
并从那边而来，好像被命运，
好像被夕阳沉落所击中，
被控告、被撕裂，豁然敞开——
那地方仿佛正以悲剧告终：

不是一下子沉入伤口，在里面
泅散，出自下一个时辰
那一滴清凉的蓝，
已将夜色掺入黄昏，
于是那从远处被点燃的伤口
慢慢熄灭如救赎。

大门和圆拱处处宁静，

透明的云彩波动
在一排排房屋之上,
房屋将昏暗吸入自身之中;
但突然有一道光从月亮
划过,闪亮,好像在某处
一位大天使把剑拔出。

罗马远郊的低地

起自高楼林立的都市,它宁肯
睡去并梦想高处的矿泉浴场,
这笔直的坟墓之路进入激狂;
而最后的农庄那一扇扇窗门

以一种凶恶的眼光目送它远去。
它们一直紧贴在它的后颈,
当它远去并摧毁,无论左右,
直到它在远方紧张地召唤神灵

并且将它的空虚升向重霄,
匆匆地东张西望,看是否还有
窗门加害于它。当它挥手

要那道长长的水管桥过来相聚,
重霄便赠与它,以此作为回报,
自己的空虚——比它活得更久。

大海之歌

——卡普里岛,皮科拉-马里纳

大海亘古的吹拂,
夜里的海风:
　你不是来把谁拜晤;
若有未眠人,
他须思忖,他怎样
把你经受:
　大海亘古的吹拂,
这风儿好像
只吹向古老的山峦,
从远处
携来纯粹的空间……

哦,头上月光里
坐果的无花果树
又怎样感受你。

夜 行
——圣彼得堡

那时候当我们在膘肥的俊马上
(黑色,出自奥尔洛夫的养马场)——
此时在高高的枝形路灯后面
是都市之夜的正面,好像被引领,
哑寂并不再与任何时辰相称——
扬鞭奔驰,不:消逝或飞行
并绕过令人压抑的皇宫
进入涅瓦河码头的吹拂之中,

被这清醒的入夜所吸引,
并无夜色铺散于天地——
当无人看守的花园的紧迫物
发酵并从夏园升起,
当那里的石头雕像渐渐消失
并连同眩晕的轮廓消逝

在我们身后,当我们奔驰——

那时候这座城市
停止了存在。突然间它情愿
永远不存在,它就只祈求
安宁;像一个疯子,他的混乱
一下子理清了,它背叛了他,
而他感觉到,一种长年和病态的
根本无法改变的想法,
他再也不必去想它:花岗石——
正从空空的摇晃的脑子里
脱落,直到再也看不见它。

鹦鹉园
——巴黎植物园

在开花的土耳其椴树下,在草坪边缘,
在笼中,笼子被它们的乡愁轻轻摇荡,
长尾鹦鹉呼吸着并知道它们的故乡,
即使它们望不见,始终不会改变。

陌生地在忙碌的绿色中如一次检阅,
它们矫揉造作,觉得自己太可惜,
并以珍贵的喙,出自碧玉和翡翠,
咀嚼灰色物,觉得它乏味并将它乱撒。

下面灰暗的鸽子正将不好吃的剔出,
而上面幸灾乐祸的鸟儿相互鞠躬
在两个几乎挥霍一空的料槽之间,

但随后又摇摆,张望并睡眼惺忪,

玩弄嘴里阴暗的、喜欢撒谎的舌头,
拿脚上的套环消遣。只盼着谁来看。

公　园

一

从柔和衰变的消逝之中
公园不可阻挡地升起；
堆满了重霄，极其强大的
传承之物顽强挺立，

为了在清新的大片草地上
伸展并再次退回，
总是以同一种十足的挥霍，
像借此保护自己，

并不断增加大器王者
永不枯竭的进项收益，
从自身兴起，又归于自身：
紫红，华丽，谦和，阔气。

二

被林荫大道悄悄
吸引,左边和右边,
跟随某一种暗示
那进一步的指点,

你突然间走进了
还在一起的场景:
一只荫凉的水盘
与四条石头长凳;

进入一段隔离的
时间,它独自流逝。
你将一次深深的
充满期望的呼吸

升向潮湿的邮局,
那里一片空寂;
而从阴暗的檐沟
那银闪闪的滴水

已把你当成它们的
同类并继续言语。
你觉得自己在倾听的
石头中间并久久伫立。

三

对这些水池和围起来的鱼塘
人们至今仍将国王的询问
隐瞒着。它们等待于雾霭之下，
每时每刻阁下都有可能

从这里走过；那时候它们想要
缓和国王的情绪和哀怨
并将带有古老镜像的地毯
再次从一块块大理石的边缘

悬挂下去，像环绕一个广场：
绿绿的底子上，有银色、灰色、粉红、
被维护的白、被轻轻搅动的蓝，
一个王后和一个国王
和荡起涟漪的鱼群里的花丛。

四

庄严的大自然，仿佛只有
还在观望的偶然伤害她，
遵循这些国王的指令，
无比幸福地以鼓胀的绿色

高高堆起她那些树木的
梦幻和夸张，环绕草甸，
并按照恋人的描述将黄昏
画入道路两旁的大树间

以柔和的笔法，而此笔法
似乎含有一种微笑，
灿烂，清漆般清澈，已溶化：

一种可爱的，不是她最大的，
但这微笑原本出自她，
在开满玫瑰的爱情岛上
她要把它培养得更大。

五

林荫大道和柱上阳台的诸神，
从未完全被相信的诸神
衰老在笔直剪切的道路上，
顶多狄安娜被含笑观望
当国王的狩猎像一阵风

打开并分割盛大的早晨。
匆匆忙忙并使人着忙——
顶多被含笑观望的，却未曾

被谁乞求的诸神。优雅的
假名，在它们下面曾有人
隐藏并且燃烧或兴盛——
略略倾侧的，微笑而管用的
诸神有时偶尔还馈赠

他们从前所馈赠的礼物，
当欣喜的花园一派繁荣，
改变了他们冷冰冰的态度；
当他们因最初的阴影而颤动

并给出一个又一个承诺,
全都无限制,全都不靠谱。

六

你可感觉到,所有的道路
无一停滞不前;
从镇静的台阶落下来,
被一种虚无从斜面
悄悄往远处勾引,
越过所有的平台
这些路,在小丘之间
被放慢和被引导,
直到宽广的池塘,
在那里丰盈的公园
将它们(像池塘一样)

赠与丰盈的空间:那空间
使它的全部占有物
都充满光和反光,
从四面八方的占有物
它带走旷远,

当它从终点的鱼塘
到云彩的黄昏庆典
晃悠悠升入昊天。

七

但还有泉池,池边的水仙
不再洗浴,她们的镜像
似已淹死在水面,很丑陋;
林荫大道好像在远方
被一排栏杆挡住。

总有片片潮湿的落叶
从空中像是落上了台阶,
每一声鸟鸣声名狼藉,
每一只夜莺像已被毒死。

就连这里的春天也不再给予,
这些灌木丛不再信奉她;
勉强发出香气,已过气
而郁郁苟活的茉莉花

衰老并与衰败物混合。
随你朝前移动一团蚊蚋,
仿佛就在你的背后
一切立刻被消灭被抹杀。

肖　像

但愿她那些巨大的痛苦
无一从放弃的脸上脱落，
慢慢穿过悲剧，她带着
她的美貌那枯萎的花束，
梦幻般捆扎，几乎已松开；
偶尔有一个失落的微笑，
如一朵晚香玉，倦慵地掉出来。

她在那上面镇静地逝去，
倦慵，双手美丽而盲目，
它们找不到它，它们清楚——

她念着虚构的故事，故事中
命运踌躇，想要的，不知哪一种，
她将她心灵的意义赋予它，
于是它爆发好像它不平凡：

好像一块石头的呼喊——

而她呢,以高高抬起的下巴,
让所有这些言语再次发出,
并非永久的;因为这一切无一
符合那种悲苦的真实,
符合它唯一的所有物,
这一个,如一件无脚的容器,
她必须高高捧起,超出
夜晚的进程和声誉。

威尼斯的早晨
——献给里夏德·贝尔-霍夫曼

王侯般讲究的窗户总是盯着
有时候屈尊劳烦我们的新贵:
城市,在一道天空的微光碰上
潮水的感觉之处,这座城一次次

形成而无论何时皆不存在。
每一个早晨得向她先展示
她昨天戴过的碧玉宝石,
一排排镜像从运河漂来
并让她回忆起其他的标志:
然后她才认可自己并想起,

她好像是仙女,曾被宙斯宠幸。
在她的耳边耳坠轻轻碰响;
可是她缓缓升起圣乔治小岛,
懒散地微笑,冲着美丽的教堂。

威尼斯的晚秋

这座城已不再漂浮,像鱼饵一般
捕捉所有冒出水面的白昼。
更沙哑的声音从玻璃宫殿
触及你的目光。夏天的残躯

探出花园,像一堆木偶
疲倦,被杀害,头朝前。
但是从地下从老树林的骷髅
升起了意志:仿佛一夜之间,

那海军上将一声号令,
集结的战船定能翻番,
好让船队给翌日的晨风

涂上焦油,于是桨橹挥动,
百舸竞发,一面面军旗浮现,
突然遇上风暴,辉煌,沉沦。

圣马尔谷教堂
　　——威尼斯

在这个内部——它像被长期浸蚀,
在金黄的玻璃中拱曲并转折,
圆棱状,光滑,以珍贵的颜料涂色,
这种华丽之幽暗被加以护持,

被秘密堆积,作为光明的平衡,
光明在其一切事物中曾如此
增多,以至于它们几乎消逝——
或不会消逝?突然你有此疑问

并将这反差强的画廊向后推去,
像矿山的竖井,它就悬挂在
拱顶的亮光旁;于是你认出

远景那完好的荣光:可是你悲哀,

当你暗自比较它疲惫的时刻
与近处突显的四驾马车。

一个总督

外国使者看见了,他们怎样
吝惜他和他所做的一切;
他们激励他趋向高尚,
也以更多的限制者和间谍

围困金灿灿的总督官职,
唯恐那权力,是他们特别小心
在他身上(如人们饲养狮子)
培养的,哪一天危害他们。

但是他,被他半遮蔽的知觉保护,
对此却未觉察并日复一日
愈加高尚。他内心里的权欲,

参议会认为必须加以抑制,
他自己抑制了。它已被战胜
在他的白头里:他的脸已表明。

琉　特

我是琉特。我的身躯和条纹，
呈美丽的弧线，你若要描述：
就这样说吧，仿佛你言说
一棵成熟的拱曲的无花果树。

渲染你在我体内看见的阴暗吧，
这是图利娅的阴暗。在她的阴部
也不曾这么多，而她被照亮的长发
好像一间明亮的厅堂。有时候

从我的表面她将一些音调
摄入她脸中并对我歌咏。
于是我绷紧，冲着她的癖好，
最终我的内心便在她心中。

冒险家

一

那一刻,当他走到那些
存在者中间:这突兀者,他**闪亮**,
包围他的,留出的空间里
便有一种似乎危险之光,

他微笑并跨过这空间,
替公爵夫人捡起扇子:
这柄温馨的扇子,他刚才
就想看见它落下。可要是

没有人随他步入窗龛
(公园会顿时升入梦幻,
只要他由此指向公园),
他便懒洋洋地走到牌桌旁

并赢它几把。而且不会

不留住所有那些目光,
猜疑或温柔地偶然碰见他,
就连镜中的也不放过。
他决定今宵也不睡眠

如漫长的昨夜,并折服一道目光
以他那肆无忌惮的目光,
它存在:仿佛它有一些
玫瑰的孩子,别人在某处培植。

二

在那些日子——(不,没有什么日子),
当潮水怀疑他有最底层的
地牢,仿佛那非他所有,
并将他,上升着,冲到对此
已见惯不惊的拱顶的石头旁,

他突然又想起他从前有过的
那些名字中的一个。

他又一次知道：生命都会来，
只要他招引；像飞一般

它们到来：死者还温暖的生命，
他在其中，更无耐性，
更受威胁，继续活它们；
或是没有活到头的生命，
他善于将它们提升上去，
于是它们又有了意义。

常常他身上没有一处安全，
而且他颤抖：我在——
可是紧接着他又酷似
一个女王的情人。

一种存在可以一再拥有：
已开始的少年的命运，
它们，仿佛别人不敢去尝试，
被中断了，被取消了，
他却接受并将其引入自身；
因为他只需有一次穿越
这样被取消的命运的墓穴，

它们的可能性的芬芳
便再次弥漫在空气中。

携鹰行猎

做皇帝意味着悄悄做事,
执著地克服重重阻障:
宰相在深夜走进塔楼时,
他发现,**他**正将高超的猎鹰的
既独特又丰富的文章

口授给埋头伏案的录事;
因为他已在偏僻的大厅
彻夜并亲自一次又一次
托住这还不习惯的猛禽,

当它诧生好奇和不安时。
后来他也从无顾忌,
将他脑子里冒出的计划
或是温情回忆的串串铃声,
发自深深的内心,统统抛开,

就为了那只害怕的幼鹰,

而弄懂它的忧虑和性情,
这对他倒是一件正经事。
为此他也像被一同放飞,
当臣仆们交口称赞的猎鹰
光闪闪被手抛出,在蓝天里
在一同感觉到的春天的早晨
像一个天使冲向鹭鸶。

斗 牛

——纪念蒙特斯,一八三〇年

打从它,还没长大,逃出
公牛的围栏,受惊的耳目,
并好像在游戏中接受了
长矛骑士的倔强和皮带钩,

这暴烈的形象便底气十足——
看呀:由黑色的旧恨新仇
堆积出一副什么样的躯体,
脑袋也攥成了一个拳头,

不再是冲着某个人游戏,
不:它挺起流血的钩形脖颈,
在被砍掉的双角后面,
知道并一惯冲着那人,

裹在金黄及粉红偏淡紫的绸子里，
他突然掉头并让这惊愕者，
像一群蜜蜂而他仿佛
正受到攻击，从他的胳膊下

穿过去——而它的目光再一次
热切地抬起，可随意环视，
仿佛外面那圈子闪现出来
从那目光的闪亮和昏暗中，
从它眼睛的每一次眨动中，

在他镇定地、没有敌意地，
靠着他自己，泰然地、随意地
将他的剑几乎轻柔地沉入
因这失手的一刺而再度
滚滚涌来的巨浪之中。

唐璜的童年

从他的修长中透出那张已几乎
主宰的弓,不会为女人折断;
有时候,不再避开他的额头,
一种斜度穿过他的脸

投向一个女人①,路过的,或为他
把一幅古老而陌生的画像藏起:
他笑了。他不再那么爱哭——
被弄到阴暗处并痛哭流涕。

虽然有一种全新的自信
时常安慰他并几乎宠坏他,
女人的全部目光,欣赏他
并打动他,他却真诚地承纳。

---

① 斜度(Neigung):也有爱慕的意思,所以能"投向一个女人"。——译注

唐璜的选择

那天使威胁地走近他:为我完全
准备好吧。这就是我的指令。
因为有个人超越那些人,
他们使最亲爱的从她们那一方
感到悲苦,他为我所需要。
虽然你能够爱得稍好,
(别打断我:你误会了),
可你在燃烧,而经书上写道,
你要将许多人引向
孤独,它有这样一条
幽深的入口。让她们
进来吧,我指派给你的人,
以便她们在成长中经受
爱洛伊丝并压过她的呼叫声。

圣格奥尔格

她一整夜都在呼唤他,
这位处女跪倒在地,
虚弱而警醒:看呀,这条龙,
我不知道,它为何不睡。

这时他骑着棕黄马突破拂晓,
熠熠闪亮铁铠和甲胄,
他看见她悲伤而痴迷地
从跪拜朝上望去

望见那团光,那便是他。
而他似一道光纵贯高原
举着双手朝下疾速
奔入昭然的危险,

太可怕,她却祈求他救命。

她愈加跪倒地跪倒，紧紧
使双手十指交叉：愿他获胜；
因为她不知道，此人非常人，

她的心，纯洁而又坚贞，
正将他从神灵护送之光中
拽下来。在他搏斗的身旁
立着她的祷告，如塔尖高耸。

阳台上的女士

突然她,被风包裹着,光亮地
步入光亮,像特地被挑出,
而此时卧室像在她身后
挪过来塞满了门户

昏暗像一件宝石首饰的衬底,
这首饰让一道光透过边缘;
你觉得还不到傍晚,在她
走出来之前,以便她悠然

将自己的什么搁上栏杆,
双手——以便格外轻盈:
仿佛被那一排排房顶
递给天空,为一切而动情。

相遇在栗子树林荫大道上

他被入口那一片绿色幽暗
清凉如一袭丝绸袍子所笼罩
他还是披上并理顺:此时正好
在另一个透明的尽头,很远,

从绿色阳光中,像是从绿玻璃中,
白白的有一个孤单的形象
突然闪亮,似欲久久停顿
并最终——洒下来的强光
每一步都流过它全身,

将身上的一种光亮变幻驮过来,
这变幻在淡黄色中胆怯地退去。
但是阴影一下子变得深厚,
而临近的双眼已经打开

在一张脸上,又新又清晰,
这张脸在一幅肖像上逗留
片刻,而此时两人又分手:
先渐行渐远,随后彼此消失。

姐　妹

瞧，她们怎样将同样的可能性
不同地承受并心中了然，
仿佛人们看见各异的时光
穿过两个相同的房间。

每一个想要支撑另一个，
但她们其实疲惫地紧贴；
她们可不能彼此有益，
因为这好似混合血液，

若她们像从前那样温柔地接触
并尝试这种感觉，牵着一只手
或者被牵着走过林荫大道：
唉，她们走的不是同一条路。

钢琴练习

夏天嗡嗡响。下午使人犯困;
她迷糊地呼吸她清新的衬衣
并将她对一件事情的期盼
一并奏入令人信服的练习曲,

它可能到来:明天,今天晚上——
它也许在那里,不过对她隐瞒;
在高高的可以望见一切的窗门前
她突然感觉到那座受宠的公园。

这时她停下;朝外面看去,双臂
交叉;希望有一本厚厚的书——
而且恼怒地把茉莉花的气味
一下子推开。她觉得,它①使她憋屈。

---

① 德文"气味"的代词er,也可以指男人。——译注

挚爱的少女

这是我的窗门。我刚刚
从温柔的梦中醒来。
梦中我想到我会飞翔。
我的生命去向哪里,
黑夜从哪里开始?

我可以这样想,周围的
一切或许还是我;
透明如一个晶体的
深处,转暗,沉默。

我也可以将星星纳入
我心中;如此宏大
这颗心;如此乐意
它又放开他——

也许我刚刚抓住的
也许爱上的那人。
我的命运正打量着我,
难以形容的陌生。

为什么我被置于
这种无限之下,
总是一再地被感动,
像一片草地将芬芳散发,

我召唤同时又害怕,
这召唤传进某人耳朵里,
而我已注定要沉入
另一位的心底。

玫瑰内部

对于这种内,哪里是一种外?
人们将这样的亚麻布
放到哪种痛苦上?
哪些天宇在此中映出
在这些敞开的玫瑰,
这些无忧的玫瑰的
内湖里,瞧这里:
它们怎样松散地躺在
松散物中,一只颤抖的手
似乎绝不会倾洒它们。
它们几乎不能够
保持下去;许多让自己
被充得满满的
并从内空间溢出
进入日子,日子合上自己
越来越丰满,

直到整个夏天化为

一个房间,一个梦中的房间。

八十年代的女士肖像

等待着她站在有重重褶裥的
昏暗的缎子帷幔前,
它好像被虚假激情之挥霍
在她头顶捏成一团;

在依然很近的少女岁月之后
好像换成了另一个女人:
层层叠叠的秀发下很疲惫,
被还不习惯的夜礼服裹着腰身
并好像被一切褶裥所偷窥

在乡愁和朦胧的筹划之时,
生命该怎样变得旷远:
别样,更真实,就像在小说中,
令人着迷而充满危险——

于是某人也许才可将什么
放进首饰盒，好让自己
在回忆的气味中慢慢入睡；
某人也许终于在日记里

找到一个开头，它不会一落笔
就已毫无意义就是谎言，
并在项链上沉重的圆形空盒里
保藏一片玫瑰的花瓣，

这盒子紧紧贴着每一次呼吸。
于是某人会朝窗外挥一挥手；
这只纤纤细手，刚戴上戒指，
会有几个月对此感到满足。

镜前的女人

像是给安眠酒加上香料
她把她的倦容轻轻
溶入清澈如水的明镜;
再投进她全部的微笑。

她等待水面慢慢升涨;
然后又把一头长发
浇入镜中,秀美的肩胛
耸出晚礼服,她从这镜像

静静地饮。她饮沉醉时
情郎啜饮的酒浆,
审视着,心里充满怀疑;

当镜底映出壁柜,烛光
和迟暮时的阴郁,
她才向侍女挥了挥手。

老妇人

苍白的女友们老是在今天
欢笑并倾听和筹划明朝；
冷静的人们在旁边慢慢
考虑自己特别的烦恼，

为什么和何时以及怎样，
有人听她说道：我相信——
但是戴着网织女帽
她很自信，仿佛她认定

别人搞错了，她们和所有人。
而她的下巴，松弛下垂，
搭在白色的珊瑚饰品上，
这玩意使围巾跟额头相配。

而她有一次，随着一阵嬉笑，

却从跳动的眼睑中取出两道
清醒的目光并显示这种硬气，
就像某人从一个秘密抽屉里
掏出美丽的祖传宝石。

床

让他们觉得,一个人在那里
所怀疑的会化作个人的郁闷。
除了那里无一处堪称戏剧;
掀开高高的帘子吧——那个时辰,

他们曾躺在其中,现在上场
走到黑夜合唱团前面,它一度
唱起一首无限宽广的歌曲,
撕破自己的衣裳并自我控诉

由于另一个时辰的缘故——
它在背景中挣扎并抗争;
因为它未能以自己满足它。
但是它当初对这陌生的时辰

曲躬折腰:那时在它头上,

它在那情郎身上发现的东西
纠缠在一起,伟大却不无威胁,
并且被抽走像在一只兽心里。

异乡人

并不在乎旁人会想些什么,
不再让他们盘问,他已厌倦,
他又一次远去;离开,失去——
因为他眷恋这样的旅途夜晚

不同于眷恋每一个爱情之夜。
他常常守望神奇的夜晚,
它们撒满了强大的星辰,
令狭窄的远方弯曲并铺散,
并变化多端像一场激战;

另一些夜晚带着月亮上
散布的村庄归顺降服
像奉上战利品,或透过珍惜的
公园展示朦胧的美妙栖居,
在此他乐意住上一会儿

当然是在他垂下的头脑里,
他深知,人们无处留驻;
下一个拐弯处他又已望见
道路、桥梁和田野,一直
延伸到被大大夸张的城市。

从不奢求,总是让这一切远去,
在他看来这似乎更值得
比生活的乐趣、占有和荣誉。
而在陌生的广场上一块每天
被践踏的井边石板上的凹槽,
他有时倒觉得,像是他的财产。

乘车抵达

这一摆动可是在马车的转弯中?
它可是在目光中,某人以此目光
将巴洛克的天使雕像,充满回忆
立在田野上蓝色的钟声里,

接纳并保持并又留下,直到
徐徐关闭的城堡公园围着行驶
挤过去,贴着它漫步,笼罩着它
并突然释放它:因为大门在那里,

此时大门,仿佛召唤过它,
迫使长长的正面拐了个弯,
拐弯后它停立。有一道闪光

滑下玻璃门;而一只灵猩
随门开窜出,它那靠近的两胁
被平坦的台阶托着下来。

日　晷

花园的阴影里滴水之声
相闻，一只候鸟啼鸣，
一股潮湿的腐朽气味
很少由此传到那根柱子，
它立在马郁兰和芫荽中
并将夏日的时辰标示；

只是当那女士（一个仆人
跟着她），头上的草帽亮闪闪，
倾身越过柱盘的边缘，
它就变阴了，于是它隐瞒——

或者当一些高高的王冠
翻涌滚动，隐约可望见
一场夏雨，它便可歇一歇；
因为它并不善于表现，

随即在白色的园中小屋里，
在花果之中突然闪亮的时间。

睡眠-罂粟

在花园的角隅恶之眼在开花,
偷偷入侵者曾在这睡眠里
发现年轻的映像们的爱情,
对公开和凹面,映像颇中意,

并发现戴着激动的假面出场的
梦幻——因高高的鞋袜更显英姿:
这一切如今中止在这些上部
软弱无力的花茎里,它们托起

(在它们长久承受朝下的蓓蕾,
以为要枯萎之后)密封的种子盒:
将带有缘饰的花萼分成两片,
罂粟维管被花萼狂热地包裹。

红　鹳
　　——巴黎植物园

在此镜像中（如弗拉戈纳尔的笔墨）
却并未将它们的白和它们的红
给出比某人告诉你的更多，
当他说到他的女友：她始终

睡眠般柔和。因它们升入绿色
并站定，在粉红茎秆上轻盈旋转，
在一起，开着花，仿佛留连花坛，
比弗吕娜更诱惑，她们诱惑

自己；直到它们将眼睛的灰白
盘颈藏入自己的侧腹，
那里面黑和果红隐隐透出。

突然有忌妒尖叫穿过鸟宅；

而它们伸展开来,吃了一惊,
并各自步入幻想之境。

波斯天芥菜

也许你觉得,对玫瑰的赞美
在你女友的耳中实在太吵:
那就请出这绣工精美的野菜
并以急切低语的天芥菜压倒

那鸫鸟,它在玫瑰心爱的广场
嘶叫并歌颂她却并不相识。
因为你瞧:甜美的话语在晚上
密密地挤在句子里,不可分离,
而且从元音那醒着的紫罗兰色
有芳香飘过宁静的天盖之床——

于是在缝合的树叶前清晰的星星
连缀成一串葡萄,闪亮如丝绸,
并将香草和肉桂混合到寂静中,
以至于这一片寂静渐渐模糊。

催眠曲

一旦我失去了你,
你就能安然入睡,
无需我悄声细语
像风儿在椴树上吹?

无需我在这里守着,
让话儿,像眼皮一样,
落下来,落到你嘴上,
你的胸脯和肢体上。

无需我替你关上门,
只让你与情郎为伴
像许多欧茴香和荆芥
情侣般陪伴着花园。

圆　亭

但即使透过那些镶着一片片
雨濛濛的绿色玻璃的双扇门
也可以感觉到笑靥的映像
和那种幸福的一道光影,
此幸福在笑靥不再到来之处
一度隐藏,美化并忘却自身。

但即使在不再被打动的
房门上方的石雕花饰上
也有对隐秘的一种癖好
和一种同情,它从不声张——

而笑靥有时战栗,像是被映出,
当一阵风荫凉地刮过去;
就连那族徽,像在一封信上,
匆匆盖上的却无比幸福,

也还在言语。被某人吓走的极少:
一切还记得,还哭着,还令人痛惜——
当某人继续走过泪水淋湿的
僻静的林荫大道时,

还一直感觉到亭顶边沿上立着
那些骨灰坛,已散乱,冷冰冰;
但决心依然聚在一起
围绕古老轴心之灰烬。

拐　骗

孩提时她常常避开婢女们
（因为她们内心迥然不同），
只为在自己开始之时
到外面去看黑夜和寒风；

但没有一个暴风雨的夜晚
将巨大的公园撕成这样的碎片，
如同眼下她的良心撕碎他，

他正从柔滑的梯子上搂住她
并把她扛走，走呀，走呀……

直到马车便是一切。

她闻到了它，漆黑的马车，
围着它捕猎屏息站定

以及危险。
她发觉车里的衬布冰冷;
而她心里也漆黑又冰冷。
她缩进大衣的领子里,
摸一摸头发,好像还在头上,
并陌生地听见一个陌生人说:
我在你身旁。

粉红的绣球花

谁染上这粉红？谁还知道，
它聚集在这些伞形花序中？
像镀金的器物会失去金色，
它们也像在使用中悄悄褪红。

为这样的粉红它们一无所求。
它会从空气中微笑，为它们永存？
是否天使在那里亲切地迎接，
当它消逝，慷慨如一缕芳芬？

或许它们也愿意将它放弃，
以免哪一天它会经历凋谢。
但在这粉红下面一片绿一直
在偷听，它正在枯萎并知道一切。

族　徽

盾牌像一面镜子，远方的它承受
并纳入自身之中，悄无声息；
从前是敞开的，于是吞噬
那些存在物

的一幅镜像，它们隐居于
氏族的遥远处，这绝非臆想，
也吞噬氏族的事物和真实之镜像
（右边的在左，左边的在右），

这一切镜子都承认，说出并展示。
那上面，以荣耀和暗淡作装潢，
眠息着缩短的面甲头盔，

翼翅的宝石则高高在上，
而那副面甲，像充满愤慨，
激动而华丽地倾跌下来。

单身汉

灯在被遗弃的故纸堆上，
四周的夜远远漫入
围场的树丛。他可以爱上
正与他融合的他的氏族；
他觉得，读得越多，他便有他们的
骄傲，而他的骄傲他们全都有。

空空的椅子还在高傲地支撑
沿着粉墙，纯正的自尊心
在家具上摊开，昏昏欲睡；
夜色从上面飘洒到摆钟上，
从黄金磨子里颤抖着流出
他的时间，已被碾成粉状。

他不要它。他渴望在那些人中间
将其他时间撕裂扯散，

仿佛剥去他们身上的浴巾。
直到他轻声细语;(有什么离他远?)
他称赞这些写信人中的一个,
仿佛信是给他的:你怎么认识我;
并拍打椅子的扶手,相当开心。
但那面镜子,里面更无边无际,
悄悄放出一个帘子和窗门——
因为那里有,几乎已成形,幽灵。

孤独者

不：该拿我的心造一座塔楼
而我自己被立在它的边缘：
那里没别的，除了一次痛苦
和不可言说，除了一次尘寰。

除了超大物之中的一个孤独物，
它变得阴暗复又变得光荣，
除了一张最后的渴望的脸
被逐入那永不可满足者之中，

除了一张最外在的石头脸，
顺从于自己内在的重量，
旷远静静地毁灭它，迫使它
越来越喜乐欢畅。

阅读者

谁认识此人,他将他的脸
从存在垂向另一种存在,
它只是偶尔被强行中断,
当新的一页被匆匆翻开?

就连他的母亲恐怕也拿不准,
是否**他**在那里,以影子为友,
读着浸湿的文字。而我们有过时光,
但知道什么;多少时光已逝去,

直到他吃力地往上看:将下面
书中的一切提升并承载于自身,
以他的目光,并非占取,它给予
并达及那个世界,完满而丰盈:

像沉静的孩童,曾独自玩游戏,

突然间对现实有了体验；
它那些井井有条的特征
却已经永远被改变。

苹果园
——博尔格毕花园

太阳落山后就赶紧来吧,
来看那草地的傍晚之绿;
可不是吗,仿佛我们早已
在心中将它收藏和积蓄,

只为此时从感觉和回忆中,
从新的希望、半已忘却的欢乐中,
还混合着内心深处的幽暗,
将它随思绪撒入这一片朦胧,

撒入似乎是丢勒的树木中,
它们承载着饱满的果实里
一百多个工作日的分量,
服侍着,充满耐心并尝试,

这超过一切限度的分量
还可以怎样提升和奉献,
若某人情愿,以漫长的一生
生长并沉默并只要这一件。

穆罕默德的受命

但那时，当那位可一眼认出的大神：
天使，正义，纯粹，熠熠放光，
步入他的隐身处：他却半晌
提不出任何要求，只敬请

天使屈尊稍留，这商人，
走南闯北反倒更迷惘；
他从来不读书——现在何况
这样的箴言，对智者也太深。

但天使，很专横，一遍遍教他
那本书上写的是什么，
一点不放松，又催促：**读吧**。

于是他读：竟引得天使屈身。
便有了一个人，他**读过**，
他能，他听从并完成。

大　山

三十六遍再加一百遍
画师已描过那座大山，
全都撕掉，又被吸引到
（三十六遍再加一百遍）

那座不可捉摸的火山前，
极乐，充满诱惑，抵挡不住——
而隐约的山峰，只现出轮廓，
倒无意让美景深藏不露：

从所有的白天千万次浮现，
让无与伦比的黑夜从身上
脱落，一切都显得太仓促；
一瞬间便挥霍每一幅图像，
而且从形象被提升为形象，
冷漠而遥远，没有主张——

只为突然在每道缝隙后
会意地显现,像显灵一样。

皮　球

你，圆形物，它将出自两只手的温暖
在飞行中，在上面交出，无忧无虑
像是它自己的；那无法在物体中
留存的，对它们而言太无重负，

太少的物，却仍是足够的物，
以免从一切外部排列物身上
突然不可见地传入我们心中：
它已传入你心中，你，沉落或飞翔

尚未决定者：此者，当它上升时，
仿佛它已将二者一同升上去，
引诱并释放抛掷——转向并中止
并突然从上面给游戏者
指出一个新的位置，
将他们排列成一个舞蹈造型，

好随后,为众人所等待和期盼,
迅速,简单,无技巧,纯自然,
归于高高的手掌之盘。

孩 童

他独自玩游戏,却吸引人们
驻足旁观,偶尔从侧面
转过那张实在的圆脸,
清晰、完整,如一个完满的时辰,

这时辰起始又敲响终点。
但活得太累,为生存忧心,
旁边无人去数那钟声;
更无人察觉他怎样承担——

怎样时时把一切承担,
即使他累了,穿着童衣
坐在大人身旁,像在候车室
静静地守侯他的时间。

狗

那上面由目光构成的世界图像
不断被更新而且有效。
只有时,很隐秘,一个物露相,
来到它身旁——当它奋力穿过

这图像,并同它一样低下、别异;
未被逐出也未被纳入,
犹豫之间它把自己的真实
献给渐渐淡忘的画图,

以便把它的脸嵌入其中,
一次又一次,似已明白,
几乎是乞求,差不多认同,
但又放弃:因为它似乎不存在。

甲壳虫宝石

星星岂不是几乎在你近旁,
那还有什么你没有囊括,
因为这个坚硬的金龟子的
肉红色核心你绝不能包裹,

若非你在你全部的血上
将那个空间一同驮负,
它遏制那对甲壳。它从未
这般沉醉、亲近和温柔。

数千年来它睡在这些甲壳虫上,
在此没有谁需要并打断它;
甲壳虫闭合自己并昏昏欲睡
在它那摇晃的分量之下。

灵光中的佛

一切中心之中心,核之核,
封闭的愈加甜蜜的杏仁——
这万有直至万千星子
是你的果肉:向你致敬。

瞧,你好像觉得已了无牵挂;
你的皮壳在无限里面,
那里积蓄着浓缩的果汁。
靠什么滋养?外面的光焰!

因为高天上你那些太阳
饱满、灼热,正在回转。
但在你心中,那比恒星
更恒久的已有了开端。

译后记

一九〇二年来到巴黎之后，里尔克进入创作的中期阶段。此后六年中，他尝试并写出了大量物诗（das Ding-Gedicht），其成果便是《新诗集》和《新诗别集》。这两个集子现已被公认为这个阶段的代表作，而构成其基本篇幅的物诗着实匠心独具，在创作手法上另辟蹊径，因而在德语文学史上占有一席之地。

两部新诗集从问世之日起，就受到了普遍的关注并获得读者和评论家的交口称誉。在此本人也当一回文抄公，选取两段有代表性的文字，以便读者对这些诗歌之新异奇特有一个大概的了解。茨威格的评论颇为形象："这些新诗每一首都是作为一座大理石像，作为纯粹轮廓而独立存在着，同各方面都划清了界限，被封锁在它的不容更改的草图中，有如一个灵魂在其尘世的躯体中。这些诗篇——我且提《豹》《旋转木马》》——是从笨拙的冷石切出来的，其明亮如白昼，宛如浮雕宝石，只有精神的目光看来才是透明的——是德语抒情诗迄今为止从未以同等尖锐的硬度拥有过的产物，是一种知情的客观性对于单纯预感的胜利，是一种完全变成雕塑的语言之决定性的凯旋。"（绿原译）

对于物诗的语言特点，里尔克研究专家施塔尔（A. Stahl）则给出了具体的分析："确实无疑的是，《新诗集》完成了一种此前从未有过的语言差异化和细腻化，里尔克由此达到了丰富的句法变化和词语的多种层次，这些受到每一个读者（不管他多么挑剔）的赞誉，被视为对'看'的拓展和推进，使感觉更加敏锐。"施塔尔还对物诗所追求的真实做过相当精辟的评述："远离自己的主体，转向存在物的、真实的世界，由这种意图所承载的艺术伦理也使他获得这样的评价：存在之诗人。"

《豹》是物诗的代表作之一，这里不妨管中窥豹，以见物诗之一斑。当然采用冯至先生那篇难易一字、堪称范例的译文：

豹
——在巴黎植物园

它的目光被那走不完的铁栏

缠得这般疲倦,什么也不能收留。
它好像只有千条的铁栏杆,
千条的铁栏后便没有宇宙。

强韧的脚步迈着柔软的步容,
步容在这极小的圈中旋转,
仿佛力之舞围绕着一个中心,
在中心一个伟大的意志昏眩。

只有时眼帘无声地撩起——
于是有一幅图像浸入,
通过四肢紧张的静寂——
在心中化为乌有。

此诗脍炙人口,然而朴素的文字包含了深奥的意蕴,迷离扑朔,虽反复诵读亦难窥其奥秘,于是见仁见智。

施塔尔给出了本诗的基调:"自然的生存空间要么丧失,要么受到威胁,这是世纪之交的一个重大题目。"他认为同时还需注意到"一种巨大的决心,即忽视时间史和精神史上的特征"。

布卢默(B. Blume)则将本诗概括为"诗人自己的灵魂在其被隔绝的监狱中自我折磨的象征"。

希佩（R. Hippe）认为："这里借豹道出了存在。"

袁可嘉说，"里尔克是用自己的思想歪曲了（实际上拔高了）豹的感受能力来表现它与现实世界的矛盾的"。

我们知道，中期阶段的诗人无论在思想上还是在艺术风格上都发生了重大转折，由此或可大致勾勒《豹》的基本倾向。从内容上分析，通过被监禁的生存状态中豹对存在的虚无感，《豹》描述了主观的观察方式的错误性，它使人囿于自设的牢笼（第一段）；描述了人在这个困境中越陷越深，最后以精神崩溃告终（第二段）；描述了从主观到客观的根本转变，它使人能够从新的角度重新认识世界，从而达到人与物的融合（第三段）。在形式上，这首诗完全采用了"客观的描述"这个艺术原则，达到了某种绘画和雕塑的效果，刻画了一个栩栩如生的"豹"的形象，这是诗的第一个层面。但是在第二个即更深的层面上，"豹"又是里尔克的化身，这首诗客观地描述了思想转折带来的结果——"客观的描述"之原则本身，诸如观察、感觉、孤独这些构成该原则的要素，以及该原则的基本运用过程。所以，《豹》其实也是"客观的描述"这个艺术原则的图解。总而言之，《豹》作为里尔克的自画像高度概括了里尔克从早期到中期创作的心路历程，可以说是"出于恐惧做物"的实例和成功尝试。在这首诗中，"豹"成了他的内心"恐惧"和"向往"的"对应物"，他居然需要以此来"证实"和"认可"他的艺术原则，这大概恰是他在危机阶段的客观化倾向的一个极端的例证。

两部诗集都是按时间顺序来编排的，先是古希腊，然后以《圣经》为题材，最后即主体部分则贯穿近现代，内容包罗万象，如动物、植物、建筑、艺术品和各种人物等等。其中的作品固然并非尽是物诗，其水准客观而言也参差不齐，有上乘和中乘的，也有一些不大入流的。翻译了全部新诗之后，依我之见，平均水平可以说是准一流。而不甚完美的原因主要在于，欲以文字来达到绘画和雕塑的效果，似乎已接近甚至超过了语言表达力之极限，难度实在太大；况且新诗集中绝大多数都是格律诗，十四行诗也为数不少（毕竟还是脱胎于"旧"之"新"，即传统与现代的结合，这一点似乎未引起足够的重视），形式上自然有诸多限制，例如轻重音的搭配，每一行数量固定的音节以及押韵（德文诗须行行押韵，难于汉诗），像这样戴着镣铐跳舞，舞姿难免显得生硬滞重。顺便说一句，德文欠佳的译者往往喜欢直译，但原文中颠倒语序或拼凑韵脚或削足适履之处，有时直译过来，会给人以某种突兀的新鲜感，这种由译者添加的东西其实是不可取的。较之于原作，汉译"新诗"有些好像显得更加新异，我觉得这也许是缘故之一。

当然，极端的客观化也可能带来一些负面的效果，尤其是削弱诗歌的韵味。试举一个反面的例证：中期阶段最受欢迎的两首诗——《秋日》和《豹》——其实都跟"新诗"或物诗相距甚远，至少不能混为一谈。《秋日》写于一九〇二年九月二十一日，里尔克来巴黎还不到一个月，此诗虽然是成熟的佳作，但仍属旧时风格，故收入之前的《图像集》。至于《豹》这首诗，虽然是在罗丹的影响之下，如里尔克所言，"一种严格的良好的训练的第一个成果"，虽然采用了"客观的描述"这个新的艺术原则，但是，作为客观物的"豹"不但没有远离诗人之主体，反倒成了里尔克的化身，至少在此或可印证少数评论家的观点："他只是为了给他的艺术带来好处，而将自己的主体身份巧妙地移入某种真实之中，这种真实则已为了上述目的具有象征的风格。"这里所谓"带来好处"之目的似有诛心之嫌，笔者不予苟同。因此，《豹》应该是过渡期的一个产物，带有前后两面的特征，而正是这种未走极端的新旧融合兴许平添了它的魅力。

但是不管怎样，物诗所取得的成就是有目共睹的：一幅幅栩栩如生的静物描述（例如《蓝色绣球花》）或人物肖像（《镜前的女人》），一尊尊以文字铸成的雕像（《早年的阿波罗》和《远古的阿波罗残躯》），活灵活现的动物（《红鹳》）或人物（《西班牙舞女》）或各种神灵（《灵光中的佛》），神话的叙事体再现（《俄耳甫斯·欧律狄克·赫尔默斯》），以及简洁而精彩的戏剧场面（《穆罕默德的受命》），真是不胜枚举。恰恰通过这种踏踏实实的艰苦训练，里尔克才打下了牢固的基本功，真正具备了恰到好处地驾驭语言的能力，这一点恐怕是同时代的其他诗人难以企及的。甚至不妨说，里尔克晚期的那种炉火纯青、能够表达一切的语言盖出于此。

全新的写法其实归因于里尔克的人生观的根本改变，以及他对自己的性格缺陷的深刻反省，所以在《新诗别集》的序诗中，诗人才会以一个无条件的要求来给此诗也给他本人一个了结——"你必须改变你的生活"。"谦卑、忍耐、镇静"堪称里尔克的座右铭，从这种意义上去理解，也不妨将其解读为里尔克意欲痛改前非；而自负、浮躁和脆弱或许正是大多数青年诗人的固有毛病。

但还有一种毛病更加严重而且锥心致命,里尔克在一首挽歌中记叙如下:"哦,诗人古老的厄运,/他们哀诉,在他们本该言说之处,/他们总是评价他们的情感/……像病人一样/他们使用多愁善感的语言,/只为描述他们的伤心之处。"重庆人喜欢说"酒是一包药",此话很有意思。在我看来,诗又何尝不是一包药呢。是药三分毒,弄不好就会适得其反;哪怕是补药,也以温补为宜。同时一定要注意勤练内功,修心养性,让自己的胸襟开阔起来。莫要过于执着,沉溺其中而不能自拔,此为佛教所谓的"痴毒"。否则"红肿之处美若桃花"势必一步步引向嗜痂癖,由此已经酿成了太多的命运悲剧。

为此,里尔克不仅在致一个青年诗人的书信中提出过不少切实的忠告,而且在同一首挽歌里面又开出了一张处方:切忌评价情感,只须塑造情感;让命运忠实地进入诗句之中,并让它在那里面化为真实的图像,而且就只是图像;面对现实,身处当下,诗人何为?他该当"坚定地将自己转化为言语,/如像一座大教堂的那个石匠/将自己坚韧地化作石头的镇静。""这曾是拯救",里尔克写道;想必现在和将来这仍该是拯救。